フォルトーゼに
地球のスポーツをご紹介!?
「コウにいさーん!
ナルちゃんにバッティングをやらせてあげてー!」
六畳間の侵略者!? 42

「あっ、見えてきましたよ！」
『青騎士』
ただいま建造中！

「新しい『青騎士』ってあんなにでっかいのか……」
「あれはまだ一部ですわ」
最大最強の
宇宙戦艦――
"騎士道級"一番艦

「これはまだ見た事がない筈よね、貴方達」
「魔法少女レインボウナナ、レイディアントエンジェル」
『コード承認、最終安全装置を解除します』

六畳間の侵略者!?42

健速

HJ文庫
1071

口絵・本文イラスト　ポコ

もくじ

キャラクター勢力図
笠《かさ》置《ぎ》静《しず》香《か》
孝太郎の同級生で
ころな荘の大家さん。
その身に
火竜帝アルゥナイアを宿す。
クラノ＝キリハ
想い人をついに探し当てた地底のお姫様。
明晰な頭脳によって
恋の駆け引きでも最強クラス。
地底人（大地の民）
里《さと》見《み》孝《こう》太《た》郎《ろう》
ころな荘一〇六号室の、
いちおうの借主で
主人公で青騎士。
松《まつ》平《だいら》賢《けん》治《じ》
孝太郎の親友兼悪友。
ちょっとチャラいが、
良き理解者でもある。
松《まつ》平《だいら》琴《こと》理《り》
賢治の妹だが、
兄と違い引っ込み思案な女の子。
新一年生として
吉祥春風高校にやってくる。
孝太郎の幼なじみ

ころな荘の住人
藍《あい》華《か》真《ま》希《き》
元・ダークネスレインボゥの
悪の魔法少女。
今では孝太郎と心を通わせた
サトミ騎士団の忠臣。
幽霊状態
魔法少女
（フォルサリア魔法王国）
虹《にじ》野《の》ゆりか
愛と勇気の
魔法少女レインボーゆりか。
ぽんこつだが、決めるときは決める
魔法少女に成長。
東《ひがし》本《ほん》願《がん》早《さ》苗《なえ》
孝太郎に憑りついていた幽霊の女の子。
今は本体に戻って元気いっぱい。
幽霊少女
ティアミリス・
グレ・
フォルトーゼ
青騎士の主人にして、
銀河皇国のお姫様。
皇女の風格が漂ってきたが、
喧嘩っ早いのは相変わらず。
ルースカニア・ナイ・
パルドムシーハ
ティアの付き人で世話係。
憧れのおやかたさまに
仕えられて大満足。
クラリオーサ・
ダオラ・
フォルトーゼ
二千年前のフォルトーゼを
孝太郎と生き抜いた相棒。
皇女としても技術者としても
成長中。
アライア姫
ナルファ・
ラウレーン
正式にフォルトーゼからやってきた留学生。
孝太郎達とは不思議な縁があるようで……？
桜《さくら》庭《ば》晴《はる》海《み》
二千年の刻を超えた
アライア姫の生まれ変わり。
大好きな人と普通に暮らせる今が
とても大事。
宇宙人（神聖フォルトーゼ銀河皇国）

宇宙戦艦にお引越し!?

ROOM No.106
CORONA-SOU

その頃の人々　十月十一日(火)

孝太郎《こうたろう》がフォルトーゼに持って来たものは非常に少ない。少し容量が多めの、スポーツの遠征《えんせい》用にデザインされたリュックサックに入る分だけで全てだ。例外はそこに入り切らなかったバットぐらいのものだった。そしてバットがあるという事は、もちろんボールとグローブもある。賢治《けんじ》も同じく持って来ていた――彼《かれ》の場合は荷物は多い――ので、時間が空いた時にキャッチボールで遊ぶ事が出来た。

「いくぞー」

「おーし、こい」

パンッ

孝太郎の投げたボールが賢治のグローブに飛び込《こ》み、鋭《するど》い音を立てる。軽く投げたように見えても、かなりのスピードがあった。やはり高校三年生になれば体格が良くなり筋力も上がるので、単純な速度に限れば、二人が積極的に野球をやっていた中学生の頃《ころ》よりも向上していた。

「ナイスボール」

賢治はそう言いながら軽い感じで投げ返す。

パンッ
賢治の投げたボールも孝太郎のグローブにしっかりと収まった。球威《きゅうい》は孝太郎程《ほど》ではないが、賢治の場合はコントロールが非常に優《すぐ》れている。ボールは孝太郎がグローブを構えている位置にぴったりと飛び込んでいた。だが孝太郎はボールを取った直後に少しだけ眉《まゆ》をひそめた。

「……………マッケンジー、お前身体が鈍《にぶ》ってるだろう」

孝太郎はこの時、賢治のボールから彼の運動不足を感じ取っていた。コントロールは良かったが、球威とキレが弱まっているように感じたのだ。それを聞いた賢治は両手を腰《こし》に当てて苦笑《くしょう》する。

「演劇部員に無茶《むちゃ》を言うんじゃない。お前みたいに体力勝負の人生じゃないんだよ」

賢治にしてみれば、野球を辞《や》めたのに高い体力が維持《いじ》されている孝太郎の方がおかしいという事になる。演劇部員には体型を維持する以上の運動は不要だった。

「人聞きの悪い事を。どれ、体力だけじゃないところを見せるか」

「ホー、やってみろやってみろ」

「いくぞー」

孝太郎の次の球は若干《じやっかん》左に弧《こ》を描《えが》くようにして落ちる。

パシィ
それは結構大きめの変化だったのだが、そこは昔取った杵柄《きねづか》、ボールは無事に賢治のグローブに収まっていた。中学時代の賢治のポジションはキャッチャー。孝太郎の投げる球種は全て把握《はあく》していた。


そんな二人にカメラを向けている者がいた。それは松平琴理《まつだいらことり》とナルファ・ラウレーンの二人組だ。彼女達《かのじよたち》は配信用の動画撮影《さつえい》の真っ最中だった。

「あれは地球のスポーツである野球、その練習の一つです。野球はコウ兄さんとうちの兄さんが、中学校の頃にやっていたスポーツなんです」

「ちなみにルールはこんな感じになりまーす」

二人が撮影中の動画のタイトルは『松平琴理のフォルトーゼ滞在記《たいざいき》』となる予定だ。ナルファが地球でやっていた事を、そのまま逆にした企画《きかく》だった。だから出演が琴理に、撮影がナルファに、という具合に担当が入れ替《か》わっている。その他の部分では変更《へんこう》はない。撮影後に編集して配信する流れも同じだった。

「………ねえナルちゃん、ホントにこんな感じで大丈夫《だいじょうぶ》なの？」

「大丈夫ですよ。自信を持って、コトリ」

「こんな普通《ふつう》の日本人で平気かなぁ………」

撮影の合間に心情を吐露《とろ》する琴理。彼女《かのじょ》はこの企画に不安を持っていた。彼女は自分が主演の動画にそこまで大きな需要《じゅよう》があるとは思えなかった。自分は普通の日本人、そういう認識《にんしき》が強かったのだ。そのせいか少し表情が硬かった。

「その普通を知りたいんですよ、私達《たち》は。地球の人がどんな事を考えているか、そこに興味があるんですもの」

「ナルちゃんはもう知ってるでしょう？」

「はい。でも、私以外の人間にも教えてあげて下さい」

「そういうものかなぁ………？」

「あと、コータロー様の解説が出来るのは、この世でコトリただ一人です」

「そっちの方がむしろ納得《なっとく》出来るかな」

琴理は笑顔《えがお》を覗《のぞ》かせる。琴理は自分の価値には自信が無かったが、孝太郎の価値には自信があった。実際、琴理自身も孝太郎が大好きなのだ。だから孝太郎の事を話す事は、自分の事を話す事よりもずっと自信があり、そして気楽だった。

「という訳で、早速《さっそく》ですがレイオス様の野球歴について教えて下さい」

琴理に笑顔が戻《もど》ったのを見計らい、ナルファが再びレンズを琴理へ向ける。ちなみに撮影時のナルファは孝太郎の事をレイオスと呼んでいる。これは混乱を避《さ》ける為《ため》だった。

「コウ兄さんと野球の出会いは、小学校に入る前の事です。その頃から熱心にテレビで観《み》ていました」

撮影に自信がないと言っていた琴理だったが、これまでの少し不安そうな表情が嘘《うそ》のように、明るい笑顔ですらすらと話し始めた。

「自分でやるようになったのは小学校に入った後です。その後、うちの兄さんと一緒《いっしょ》に地元の少年野球のチームに入って。小学校の頃のスポーツって、やっぱり身体の大きさがものを言ってしまいますから、流石《さすが》のコウ兄さんであってもレギュラーを獲《と》るのは高学年になってからで……でも一度レギュラーになってからはずっとそのままでした。うちの兄さんとバッテリーを組んで沢山《たくさん》の試合に出ました」

孝太郎はフォルトーゼ人にとっては英雄《えいゆう》でも、琴理にとっては仲良くしてくれる幼馴染《おさななじ》みのお兄さんだ。その経験談を話すだけなので、幾《いく》らでも出来るし自信もあった。

「バッテリーというのは?」

「あ、さっきのルールの表示に投手と捕手《ほしゅ》についての項目《こうもく》があったと思うんですが、この二つのポジションを合わせてバッテリーと呼ぶんです。捕手は他のポジションの選手と向かい合うようにして守備に就《つ》くので、司令塔《しれいとう》の役割を務める事が多くなります。おかげで投手は球を投げる事にだけ集中出来る訳です」

「なるほど、レイオス様が何処《どこ》へ攻《せ》め込むべきか、その作戦をコトリのお兄さんが立てていたという事ですね」

「そうですね、そういう事になると思います」

「つまりレイオス様の初代軍師はマッケンジー様だった。貴重な情報です」

「あはは、そんな大層なものではありませんけれど」

「あら? レイオス様達が何かを始めたようですね」

「あの顔……野球を脱線《だっせん》して、悪巧《わるだく》みを始めたみたいです」

撮影は順調に進んでいた。ナルファの勘《かん》では、初回から十分なクオリティの番組になりそうだった。地球の文化と青騎士《あおきし》の過去を並行《へいこう》して紹介《しょうかい》する、それは他ではあり得ない唯一無二の特徴《とくちょう》だ。きっと番組は成功するだろう――――ナルファにはこの時点でその確信があった。


孝太郎と何球かボールをやり取りした時点で、賢治は悟《さと》った。特に気を遣《つか》うような話ではないので、彼はすぐに孝太郎に尋《たず》ねた。

「コウ、お前なんだか投げ難《にく》そうにしているな。どうしてだ?」

賢治が気付いたのは孝太郎の投球フォームの変化だった。今の孝太郎は以前の素晴《すば》らしく豪快《ごうかい》な投球フォームではなく、妙《みょう》に整ったフォームで投げている。賢治にはそれが気になっていた。試合中にコントロール重視でしっかり投げる事は良くある事だが、今それが必要とは思えない。何か事情がある筈《はず》だった。

「よく分かったな、お前」

「そりゃあな。あれだけお前の球を捕《と》ってりゃ、分かるようにもなるさ」

「わはははは、そりゃそうか………投げ難いように見えるのは、霊力《れいりょく》を抑《おさ》えようとしているからだと思う」

「霊力？　もしかして、本気で投げると霊力が乗ってしまうとかか？」

「ああ、そんな感じだ。フォームを変えないようにとは思っているんだがな、なかなかうまくいかない。自然とフォームが小さくなるようなんだ」

「…………本当に魂《たましい》の投球が出来るようになるのも困りものだな」

フォームが小さくなっているのは、孝太郎が身に付けた霊力の影響《えいきょう》だった。孝太郎が本気で投げてしまうと自然と霊力が籠《こも》ってしまい、おかしなボールになる。通常よりスピードが速かったり、変化球の変化が大きくなってしまったりという具合だ。つまり孝太郎が意図した事が霊力によって拡大されてしまうのだ。それを抑えようとすると、今度は逆にフォームが小さくなって本来の投球にならない。スポーツには気持ちが影響するというが、今回はそれが極端《きょくたん》に出てしまった例と言えるだろう。

「ふむ…………コウ、ちょっと興味本位で言うんだがな」

「うん？」

「お前、霊力以外にも色々使えるんだろう？」

「あー、他は魔法《まほう》とか、ティアに借りたまんまになってるスーツとかだな」

「一回全部使って思い切り投げてみてくれないか？　野球ならお前の変化が分かり易《やす》いと思うんだよ」

賢治には戦いの心得がない。喧嘩《けんか》をした事くらいはあるが、ちゃんと格闘技《かくとうぎ》を身に付けた訳ではないのだ。だから孝太郎がどのくらい強いのかがいまいち分かっていない。それを知る為に野球を利用する。賢治は野球なら十分な練習をしているので、孝太郎の実力が分かり易いのではないかと考えたのだ。

「……面白《おもしろ》そうだな。よし、試《ため》しにやってみよう」

孝太郎は乗り気だった。今の自分が高校一年生の春頃《はるごろ》とはどう違《ちが》うのか、それを知る良い機会だった。

「何の話？」

そんな時だった。キャッチボールをする二人の傍《そば》に、静香《しずか》が姿を現した。静香も退屈《たいくつ》しのぎに運動をしにやってきたのだ。来たばかりの彼女は孝太郎が口にした『試しにやってみよう』という部分しか聞いていなかったのだが、二人の顔が何か悪事を企《たくら》んでいる時のそれなので、興味があった。

「笠置《かさぎ》さん、コウのパワーアップ具合が知りたかったんで、何でもありで思い切り投げて貰《もら》う事にしたんです」

「へぇ……面白い事を考えたわね」

『儂《わし》も興味がある。見物させて貰おう』

静香の肩《かた》にはぬいぐるみのような姿になったアルゥナイアが座《すわ》っている。賢治に事情を話した後は、時折こうして賢治の前にも姿を現すようになっていた。おかげで賢治ももう慣れっこだった。

「コウ兄さんの成長具合には私達も興味があります」

「大スクープだわ、コトリ！」

怪《あや》しげな気配に気付いて撮影中の二人も近付いてくる。彼女達にとっても、この試みには大きな価値があった。

孝太郎は自身の身体に加え霊力、魔法、科学と三種類の力を扱《あつか》う。その全てで身体を強化して投球する訳だが、今回は多少の危惧《きぐ》があった。それは青騎士《あおきし》の鎧《よろい》の反応速度についてだった。

「どうだ？　いけそうか？」

『青騎士閣下、あと三回投げて頂けますか？　それでもう少し精度を上げられます』

「了解《りょうかい》だ。いきますよ、大家さん！」

「いいよー、さとみくーん！」

孝太郎の身体には既《すで》に霊力と魔法による強化が施《ほどこ》されている。おかげで反応も速度も普《ふ》段《だん》よりずっと向上している。加えて鎧を着て野球をやった事がない。そのせいで鎧が普段通りに追従する事が出来ず、悲鳴を上げていた。今はそれを何とか調整しようとしている最中だった。

「あっ、なんだかぎこちない感じが取れてきた気がする！」

「いけそうか？」

『同期率は九九・九五パーセント。まだ微《び》細《さい》なコントロールには若干の不安が残ります。変化球の失投にはご注意下さい、青騎士閣下』

「心配ない。今回はド真ん中しか投げないからな。しっかり頼《たの》むぞ』

『仰《おお》せのままに、マイロード』

幸いな事に、この問題は静香相手に何球か投げた事で上《う》手《ま》く調整する事が出来た。ちなみに賢治はこの様子を見ていない。これは事前情報なしで、本気の孝太郎の球を体験する為だった。その暇《ひま》を利用して、賢治は琴理とナルファからインタビューを受けている。ナルファに限らずフォルトーゼの人間の多くが、孝太郎のもう一人の幼馴染みである賢治に興味津々《きょうみしんしん》だった。

「………なのに兄さんったら意地になって出るって聞かなくて」

「出て決勝打を打ったんだからいいだろ！」

「翌日に倒《たお》れてなければ私も褒《ほ》めました。コウ兄さんにも心配をかけて………もう、馬鹿なんだから………」

「あはははは、マッケンジー様も野球が大好きなんですね！」

「子供の頃の俺達《おれたち》には、それしかなかったんだよ」

「おーい、マッケンジー！　待たせたな！」

「おおっ、きたな………」

　バシバシ
　賢治は不敵な笑《え》みを浮《う》かべると、右手でミットの中心を叩《たた》きながら孝太郎の方へ向かっていく。賢治は先程《さきほど》まで使っていたグローブから、捕手用のミットに持ち替えていた。孝太郎の真の意味での本気はグローブでは荷が重いという判断だった。また賢治にはその方が過去の孝太郎の実力との比較《ひかく》が容易だった。

「鎧の調整が必要とは本格的だな」

「この鎧を着て野球のボールを投げた事が無かったから、データが無かったんだよ」

「それもそうだな。で、どこまで強化したんだ？」

「戦ってる時の標準的なレベルまでだ。お前が知りたいのはその辺りだろう？」

「ああ。再現性や持続性のない一発芸を見せられても意味が無いからな」

武器を使って戦う実力を見せろと言われた時に、戦略ミサイルを持ち出すのは意味のない行為《こうい》だ。今回もそれと同じで、孝太郎は普段やっている事をスポーツ向けに調整する程度に留《とど》めていた。

「よし、じゃあ始めるか」

「腰抜《こしぬ》かすなよ、マッケンジー」

「言うねえ、楽しみだ」

ぽすっ
賢治は孝太郎のグローブにボールを押《お》し込む。そして二人はニヤリと笑い合うと、背中を向けて離《はな》れていく。悪戯《いたずら》を始める時の悪ガキそのままの表情だった。

「さあ来い、コウ」

バンバン
賢治は位置につくとしゃがみ込み、ミットを軽く叩いてから構えた。すると直前までの楽しそうな雰囲気《ふんいき》が消える。鋭い視線が孝太郎に向けられていた。

「マッケンジー、お前のその顔、久しぶりに見たな」

「それはお互《たが》い様《さま》だ」

孝太郎も同様だった。かつてないほど真剣《しんけん》で隙《すき》が無く、しかし戦いの時とは少し違う。友達とスポーツをやる時とも違う。野球部の代表として試合に出る時の、競技者としての本気の顔だった。

「………」

静香はそんな孝太郎に見惚《みと》れていた。こんな孝太郎は見た事が無い。初めて見る孝太郎の姿に静香の胸は高鳴った。そして我を忘れて見つめていた。

「いくぞ」

静香が見つめる中、孝太郎は大きく振《ふ》り被《かぶ》った。これは孝太郎の本気を見せる為の投球だし、盗塁《とうるい》を気にする必要もない訳なので、隙が多いが速度が稼《かせ》げるワインドアップポジションによる投球だった。孝太郎はその大きな構えから、重心を前に移しつつ左足を前に踏《ふ》み出し、身体全体を大きく使って右腕《みぎうで》を振り回した。そして右手に握《にぎ》ったボールに運動エネルギーが最大限乗ったところでリリースする。鎧の重量も手伝って安定した下半身から上半身、しなる右腕へと伝わった運動エネルギーは、ボールに恐《おそ》ろしい勢いと強烈《きょうれつ》なスピンを与《あた》え、右手から弾き出された。

――マジかよ⁉

この時、賢治には投球時の孝太郎の右腕の先が見えていなかった。常人の目で捉《とら》えられるような速度ではなかったのだ。おかげでボールを離した瞬間《しゅんかん》も見えていない。普通なら捕れるような球ではなかった。

――ええい！　馬鹿みたいな球投げやがって！

だが賢治は孝太郎の投球に関しては誰《だれ》よりも良く知っている。その経験から球筋を予測し、その位置にミットを構える。賢治の経験上、あのフォームからストレートを全力投球した場合、孝太郎の球はストライクゾーンのド真ん中よりは若干インロー気味の所に飛んでくる。失投の事は考えない。そんな事を気にして捕れるような球ではなかった。

ズドォォォンッ

「おわあああぁぁぁぁぁぁっ!?」

賢治は捕った。狙《ねら》い通り、ボールはミットのド真ん中に飛び込んだ。だが球があまりにも重い。その勢いを殺し切れず、賢治は勢いよく後ろに跳《は》ね飛ばされていた。

「いてててて……」

この日のフォルトーゼの空は青かった。賢治は仰向《あおむ》けに倒れ、それを見上げていた。見事キャッチした賢治だったが、その代償《だいしょう》に息が詰《つ》まり、左手は痛くて仕方がない。だがそれで理解した。

――――そうか、今コウの奴《やつ》が生きている世界は、このレベルか………。

この一球で賢治は完全に理解した。孝太郎が二年半歩み続けた道の過酷《かこく》さを。実際に戦いぶりを自分の目で見ていたし、頭では理解していたつもりだったのだが、心の底から理解できたのはこの瞬間だった。

「………よく捕ったなぁ、マッケンジー」

青空ばかりだった賢治の視界に、孝太郎の笑顔が現れる。それは二年半前と何も変わらない笑顔だった。だからこの時賢治はもう一つ理解した。

――――やっぱりあの子達がコウの心を守っているんだな。だからコウはコウのまま、この道を歩み続けられる………一人に絞《しぼ》れない訳だ………ったく、人には女関係がどうのこうの言う癖《くせ》に………。

孝太郎は戦いをするようなタイプではない。そしてそこに何一つ変化がないまま、孝太郎は英雄になってしまった。見えないところで少女達による多くのサポートがあった事は想像に難《かた》くない。賢治は苦笑するよりなかった。

「捕ったというか、来そうな場所にミットを置いただけだよ」

「やっぱりお前は天才だよ。野球、続ければよかったのに」

孝太郎はそう言いながら賢治に右手を差し出した。孝太郎は上機嫌《じょうきげん》だった。賢治は何の強化もなしに、自分の力だけで孝太郎の球を捕った。それは驚《おどろ》くべき出来事だった。

「幼馴染みが野球を辞《や》めて英雄になっちまったからな。そうもいかないんだ」

賢治は孝太郎の手をしっかりと掴《つか》むと勢い良く立ち上がった。

「じゃあお前もなるか、英雄に？　お前なら多分、俺《おれ》より早くなれるぞ」

「簡単に言うなあ……お前、自分が何をやってきたか分かってないだろう？」

そうして二人は笑い合った。幼馴染みであるからこその、特別な笑顔で。それは二人の遊びの一幕であったが、賢治に孝太郎の歩みをより深く理解させてくれた。同時に孝太郎が孝太郎のままである事を感じて、少しだけホッとした賢治なのだった。


本気の投球を済ませた孝太郎と賢治はのんびりとお喋《しゃべ》りに興じていた。投球時の真剣さは消え失《う》せていて、二人は楽しそうに野球談議を続けていた。

「それにしてもお前、漫画《まんが》みたいな球を投げるなあ……」

「そういうお前も、漫画みたいに吹《ふ》っ飛んでたぞ」

「お前のせいだろ！」

「スマン、わはははははっ！」

そんな二人とは逆に大興奮していたのが琴理とナルファだった。二人は孝太郎と賢治の投球と捕球《ほきゅう》を見た瞬間から、我を失っていた。

「撮《と》った!?　ナルちゃん、今のちゃんと撮った!?」

「撮りました！　すっごいのが撮れちゃいました！」

興奮した琴理はガクガクとナルファを揺《ゆ》さぶり、ナルファはナルファで目を輝《かがや》かせてカメラの映像を確認《かくにん》している。今の二人からは、普段の穏《おだ》やかさは感じられなかった。

「見せて見せて！　私、コウ兄さんが投げるところはっきりと見えなかった！」

「私もです！　でも安心して下さい、ちゃんと撮れてます！」

「でかしたー！」

今の二人はまるで新しいおもちゃに喜ぶ子供のようだった。そして二人で顔を寄せ合うようにして孝太郎と賢治の映像を覗き込んでいた。

「ふぅん………」

そんなテンションの高い二人とは逆に、少し不満げにしていたのが静香だった。何となく、おいてけぼりにされている気分になっていたのだ。

『………シズカよ、あの間に割って入るのは骨だぞ？』

アルゥナイアは楽しそうにそう囁《ささや》いた。そして静香の肩に座ったまま、ニヤリと笑う。アルゥナイアも男性なので、孝太郎と賢治の間にあるものの意味が分かっていた。アルゥナイアと古い友人である真竜《しんりゅう》・雷霆《らいてい》王の間にあるものとよく似ていた。

「べっ、別に割って入りたい訳じゃ………ただ………」

『ただ？』

「里見《さとみ》君は、私達にはああいう顔をしてくれないなぁって。それが残念だなぁって」

孝太郎と賢治、二人の間にある独特の空気感には見覚えが無い。孝太郎が自分達と一緒にいる時には見た事のないものだった。それが静香には寂《さび》しいのだった。

「大丈夫ですよっ、静香さん！」

そんな静香に琴理が笑いかける。普段の琴理は大人しい性格だが、今は興奮が抜《ぬ》けていないせいか言葉に勢いがあった。

「えっ？」

「あれは見え方が違うだけで、コウ兄さんが静香さん達に見せているものとあんまり変わりませんから」

琴理には静香のような悩《なや》みはなかった。彼女は悩む必要がないと知っていたから。

「どういう事、琴理ちゃん？」

そう言われても静香はすぐには納得出来ない。不思議そうに首を傾《かし》げる。

「ふふ、コウ兄さんは男の子なので、単純に男性が相手の時と女性が相手の時では、行動が変わりますよね？」

悩める静香に琴理がアドバイスを送るという、いつもとは逆の構図になっていた。普段は頼《たよ》りがいのある静香だが、孝太郎の事に関してだけはただの女の子だ。逆に普段は大人しい琴理は、孝太郎に関する情報だけは誰よりも多く握っていて、こういう時には頼れる存在だった。

「それは……………そうね」

「だから同じ行動でも見え方が変わるんです。あれは単に信頼《しんらい》して無防備になっているだけなんですよ」

「そうは見えないけど………」

同じものだが、見え方が違う。そう言われても、静香にはまだピンと来ない。引き続き不思議そうに孝太郎を見つめていた。

「確かにコウ兄さんがああいう顔をするのはウチの兄さんが相手の時だけです。だから羨《うらや》ましく思うのかもしれませんが、逆に静香さん達と一緒に居る時のような顔は、ウチの兄さんと一緒に居る時にはしませんから。あんなに油断したコウ兄さんは、静香さん達と一緒の時だけです」

それは賢治の妹であるから分かる事だった。同じ幼馴染みなのに、孝太郎は賢治と琴理とでは対応が違う。琴理もその事に悩んだ時期があったのだが、中学生になった頃に孝太郎が他の女性と話すのを見て、そういうものなのだと理解した。これは孝太郎と賢治を間近で見つめ続けないと分からない事なので、静香が分からなくても仕方のない事だった。

「そ、そう？」

静香は少しだけだが、琴理の言葉の意味が分かって来ていた。そしてその事は少しだけ静香に勇気をくれる。おかげでその表情は幾らか明るくなっていた。琴理はそんな静香に笑顔で大きく頷《うなず》いた。

「はい。実際、そこへどう割り込めばいいか、ナルちゃんは悩んでいますから。今の静香さんと一緒です」

「ちょ、ちょっとコトリ⁉」

突然流《とつぜんなが》れ弾《だま》が飛んできて、ナルファは面食らう。確かに琴理の言う通りではあったが、それを今言われては困る。ナルファはその場でわたわたと慌《あわ》てふためいていた。

「そっかそっか……よし」

静香は安心した様子で何度も頷くと、自分の顔を二、三度軽く叩く。それが済んだ時、彼女はいつもの彼女に戻っていた。

「静香さん？」

「ちょっと行ってくるわね。琴理ちゃんの言う通りならさ、ここで眺《なが》めてるのって馬鹿みたいじゃない？」

それが同じものであるなら、気後《きおく》れしている意味はない。一緒に楽しんだ方が良いに決まっていた。

『ホウ、マッケンジーから青騎士《あおきし》を奪《うば》うつもりか。その意気や良し！』

そんな静香の肩でアルゥナイアが訳知り顔で繰《く》り返し頷く。すると静香の頬《ほお》がぷくっと膨《ふく》れ、不満そうな表情に変わった。

「違いますっ！　おじさまは分かってないんだから！」

『何事も戦って勝ち取るのが帝王《ていおう》の道だぞ？』

「それはおじさまだけです！　私は帝王じゃなくて普通の女の子です！」

『そういうものか。生まれながらの帝王で済まん』

「もー……………」

静香はアルゥナイアと軽い口喧嘩《くちげんか》をしながら孝太郎達《たち》に近付いていく。

――――伝説の火竜の王があの顔を見せるのは静香さんだけだって、気付いていても良い筈なのに……まったく静香さんったら……。

　琴理は小さく苦笑いしながら静香の背中を見送る。琴理の目からはスーパーヒロインにしか見えない静香だが、恋愛面《れんあい》に関してだけは普通の女の子。そのギャップが不思議であり、同時に魅力《みりょく》でもあった。

「里見君、マッケンジー君、私もやってみていい？」

『実に面白そうだ。儂らも参加したい』

「……コウ、彼女の球はお前が捕れ。猛烈《もうれつ》に嫌《いや》な予感がする」

「分かった。防御力《ぼうぎょりょく》を限界まで上げて捕る」

　とりあえず静香の問題は解決した。そこで琴理はもう一つ別の問題の解決に着手した。それは隣《となり》で同じものを見ているナルファだった。

「ナルちゃん、必要なのはあのポジティブさと根性《こんじょう》よ！」

「……が、頑張《がんば》ります」

「頑張りますじゃないの。行くのよ、今、すぐに！」

「ちょ、ちょっとコトリ押さないで！　まだ心の準備が！」

「コウにいさーん！　ナルちゃんにバッティングをやらせてあげてー！」

　付き合いが長く、孝太郎の事を誰よりも良く知る琴理だから、ナルファが立ち竦《すく》んで動けずにいる事の無意味さが分かる。少し前までならともかく、今の孝太郎ならば信じて飛び込めば絶対に受け止めてくれる――琴理はそれを微塵《みじん》も疑っていない。だからこそ、慌てふためくナルファとは違って、この時の琴理はただただ元気で明るかった。

静香《しずか》が豪快なフォームから投じた一球は、狙い過《あやま》たず孝太郎《こうたろう》の構えたミットに飛び込んだ。今の静香はアルゥナイアによって戦闘《せんとう》時の標準的な強化が施されているので、鎧のアシスト機能や霊力、魔法を駆使《くし》している孝太郎であってもボールの勢いを完全には殺し切れず、一メートル以上ずるずると後退していた。

『いたたたたたたっ!』

『大丈夫里見《さとみ》君!?』

『だっ、大丈夫ですが、いてててててっ!』

あまりに激しい衝撃《しょうげき》と痛みに、孝太郎は左手を振りながらぐるぐると同じ場所で円を描くようにして走り出した。静香はそんな孝太郎に駆《か》け寄って心配そうにしていたが、孝太郎の手を確認して大丈夫そうだと分かると安堵《あんど》の表情を浮かべていた。

「楽しそうな事をしてるわね、青騎士《あおきし》の奴……」

そんな孝太郎達の映像を眺めていたのは、机にぐったりと身体を預けた状態のクリムゾンだった。彼女は退屈しのぎに、ナルファが配信した動画を眺めていたのだ。ちなみにナルファが配信したのは数日前だが、彼女達が居る宙域で見られるようになったのは昨日の事だ。宇宙は広く、フォルトーゼの最新技術によって支えられている汎銀河《はんぎんが》ネットワークであっても、情報が共有されるのは即時《そくじ》ではないのだった。

「……やらないわよ、クリムゾン」

「まだ何も言ってないでしょ」

「やらないわよ、クリムゾン」

「……あんた付き合い悪いわね、グリーン」

クリムゾンはナルファの動画に影響されて自分も野球がやりたくなったのだが、先手を打たれてグリーンに拒絶《きょぜつ》されてしまったので、彼女は不機嫌《ふきげん》になってしまっていた。クリムゾンはつまらなそうな様子で再び机に身体を横たえる。

「なんでしたら私がお相手しましょうか？」

「ホントか、ナナ⁉」

だが笑顔のナナが登場した事でクリムゾンの表情が一気に明るくなった。

「私は興味があるわ。里見さん達がやってる事」

「やっぱりお前良いヤツだな、ナナ！　昔から良いヤツだと思っていた！」

クリムゾンは跳ね起きると、ナナの小さな手を握り締《し》め、ぶんぶんと上下に大きく振る。

退屈していたクリムゾンなので、このナナの申し出は有難《ありがた》かった。

「単純なんだから……いけ好かないヤツとか、性格悪いとか散々言ってたのに」

反対に不機嫌になったのはグリーンだった。本当はグリーンだってクリムゾンの要望に応えたかった。だがグリーンはその才能が頭脳に集中していて、運動が壊滅的《かいめつてき》に苦手だ。だから自分に出来ない事をナナが代わりにやる事に、不満を感じていたのだった。

「でもクリムゾン、遊ぶのは仕事が済んでからよ」

「見付けたのか？」

クリムゾンの口元に不敵な笑みが浮かぶ。その目つきも鋭《するど》さを増す。彼女の場合、何が嬉《うれ》しいかと言って、戦い程《ほど》嬉しい事は無いのだった。

「ええ。情報通りよ。正面に山が見えるでしょう？　あの山の中腹にある洞窟《どうくつ》が拠点化《きょてんか》されているみたいね」

「あんたの上司は何て？」

「突《つ》っ込《こ》むって」

「私、あんたの上司大好き！」

「連隊長もそうみたいよ。あなたに是非支援《ぜひしえん》をと」

「望むところだわ！　このクリムゾンにお任せあれ、皇女殿下《でんか》！」

クリムゾンの瞳《ひとみ》がキラキラと輝く。待ちに待った戦いの時が遂《つい》にやって来たので、クリムゾンの胸は高鳴っていた。

「騙《だま》されてる騙されてる、クリムゾン、貴女《あなた》騙されてるわよ」

「滅相《めっそう》もない。連隊長は本当にクリムゾンを評価しているわ」

「どうだかっ。あんた性格悪いから」

「あらあら」

実はクリムゾン達《たち》宮廷魔術《きゅうていまじゅつ》師団と、ナナ達ネフィルフォラン連隊は、共同で辺境宙域へやってきていた。目的はもちろんラルグウィン一派の討伐《とうばつ》。事前に入手した情報を基に、拠点《きょてん》の一つを攻略《こうりゃく》しにやって来たのだった。

歴戦の勇者ぞろいのネフィルフォラン連隊と宮廷魔術師団なので、普通の拠点の攻略程度ならばあまり苦労はない。突入《とつにゅう》直後のどうしても被害《ひがい》が大きくなるタイミングに魔法で支援して貰えれば、ほとんど被害を出さずに制圧する事が出来るのだ。実際、この時もそうなった。だがそんなほぼパーフェクトな結果を得てもなお、ネフィルフォランは浮かない顔をしていた。

「ここも空振《からぶ》りだったか……物資の集積地なら、他の拠点の情報を持っていてもおかしくない筈なのだが……」

この拠点を制圧したのは、敵を倒す事だけが目的ではなく、他の拠点に関する情報を得る為でもあった。銀河は広く、ラルグウィン一派が隠《かく》れる場所は幾らでもある。そんな状《じょう》況《きょう》でラルグウィンを倒すには、拠点の情報を辿《たど》っていくのが正攻法《せいこうほう》だ。軍事拠点はどうしても他の拠点と連携《れんけい》する為のやりとりがあるから、辿っていく事が出来るのだ。そういう地道な努力を繰り返し、ネフィルフォラン達《たち》はこの拠点までやってきた訳なのだが、手掛《てが》かりがここで途《と》絶《だ》えてしまっていた。

「以前の失敗を踏まえて、秘密の保持に気を遣っているようですね」

先日の戦いにおける損害が大きかった為に、ラルグウィンは情報の管理の徹底《てってい》に努めたのではないか――ネフィルフォランの副官を務めるナナは、この状況をそのように解釈《かいしゃく》していた。

「当たり前ではあるが、敵もやられっぱなしではないという事だな。そしてそれは相手の規模の大きさを感じさせる」

小さな規模の敵であれば、ここまでの事は必要ない。自軍の拠点が多いからこそ、こうした事に意味が出て来る。この時のネフィルフォランは、ラルグヴィンが率いる旧ヴァンダリオン派の規模が、想定より大きいのかもしれないという予感がし始めていた。

『ナナちーん、魔法の方の調査が終わったよー』

そんな時、腕《うで》に着けている戦術支援用のコンピューターからオレンジ――元・ダークオレンジだ――の声が飛び出してきた。この場所での戦闘が終了《しゅうりょう》した後、彼女達《かのじょたち》宮廷《きゅうてい》魔術《まじゅつ》師団は魔法を使った調査や追跡《ついせき》を行っていた。その報告だった。

「オレンジ、任務中はその呼び方は勘弁《かんべん》して頂戴《ちょうだい》」

ナナは少し眉《まゆ》を寄せる。最近オレンジはナナを『ナナちん』と呼ぶ。お互いに味方であるという認識《にんしき》が強まったからこその呼称《こしょう》ではあるが、ナナは連隊の緊張《きんちょう》感を削《そ》ぐので止めて欲《ほ》しいと思っていた。ちなみに現在、連隊の兵士達は裏ではナナを『ナナちん』と呼び始めている。ナナが知らないところで影響は既に大きく広がっていた。

『そんな事より聞いてよナナちん。ここには魔法の武器や銃弾《じゅうだん》もストックされていたんだけど、魔力《まりょく》の痕跡《こんせき》を辿られないようにきちんと休眠《きゅうみん》状態になってたわ』

「グリーンの方は？」

　グリーンは情報系の魔法が得意で、しかも未来予知の魔法を使う事が出来る。だからこうした調査の時には中心的な役割を果たす。

『詳《くわ》しい話はよく分かんないんだけど、ナナちんには「連中はサイコロを振ってる」って報告しろっていわれてるー』

「よく分かったわ。ありがとう、オレンジ」

　だが残念ながらグリーンの調査も空振りだった。恐らくだが、グレバナスが対抗策《たいこうさく》を講じている。先程の休眠状態にして痕跡を辿れないようにしていただけでなく、魔力を隠す為《ため》の魔法も使われている。また未来予知で辿り難くする為に、航路や行動の決定にランダム性が取り入れられている。未来予知は不確定性の影響で、現実的には癖を読む能力に近いものになっている。そこへランダム性を取り入れられると非常に読み辛《づら》くなる。そうした多くの対策が彼女らの追跡を妨《さまた》げていた。

『んじゃ、また後でねー、ナナちーん！』

『んもう………広域チャンネルで………。連隊長、魔法の方も調査は空振りです」

「ふふ」

「もうっ、連隊長まで！」

「悪かった。話を戻《もど》すが……もしかしたら連中は大きな作戦でも隠しているのかもしれないな。通常の作戦にしては、いささかやり過ぎのように思える」

明確な証拠《しょうこ》がある訳ではないが、ネフィルフォランはラルグウィン一派が大きな作戦を計画しているのではないかと感じていた。特に気になるのは魔法の武器が備蓄《びちく》されていた事だった。最前線ならいざ知らず、通常の物資の集積拠点であるならば、魔法の武器を常備しておく意味はない。希少なものなので必要な時に持ち込めばいいし、魔力の痕跡の隠《いん》蔽《ぺい》にも手間がかかる。すぐに使うからこそ、ここにあったと考えるのが妥当《だとう》だった。

「……キリハさんに連絡《れんらく》しておきます」

「頼む。情報は全部渡《わた》して構わない。ただし通信の暗号化は念入りに」

「はいっ！」

ナナはネフィルフォランの推測を聞くと、すぐに通信兵のところへ走っていった。まだ推測でしかなかったが、この話は急いでキリハやエルファリアへ伝えておくべきだと思ったのだ。ナナ自身も、この状況からはきな臭《くさ》い空気を感じていた。

「……考え過ぎだと良いが……」

ネフィルフォランは腕組《うでぐ》みをすると考え込んだ。ここのところ、どの拠点を攻《せ》めても似たような状況だった。手掛かりは追えず、各個撃破《げきは》に終わっていた。ネフィルフォランは自分の推測が外れる事を望んでいたが、嫌な予感は拭《ぬぐ》えなかった。

暗躍する人々　十月十八日（火）

拠点の一つが攻撃《こうげき》されたという報告はすぐさまラルグウィンのもとへ届けられた。先日生産拠点が攻撃された時は、ラルグウィンは激怒《げきど》した。だから報告を伝えた通信兵は戦々《せんせん》恐々《きょうきょう》としていたのだが、不思議な事にこの時のラルグウィンは落ち着いていた。

「…………ご苦労だった。下がって良い」

「は、はい。では失礼致《いた》します！」

通信兵は敬礼すると首を傾げながら自分の席へ帰っていく。その兵士を可哀想《かわいそう》だと思いつつ見守っていた同僚達《どうりょうたち》も、無事に帰って来た兵士に不思議そうな視線を向けていた。実は問題の生産拠点が攻撃されて以降、新しく拠点が攻撃されたという報告は数度目になるが、ラルグウィンは不気味な程《ほど》に静かだった。もしかして大丈夫《だいじょうぶ》なのか――兵士達は顔を見合わせてそんな事を考えていた。

『ふむ、攻撃されたのは一番外側にある外殻《がいかく》のようですな』

一緒《いっしょ》に報告を聞いていたグレバナスは、兵士達とは違《ちが》ってラルグウィンの反応には驚いていなかった。報告に関する立体映像を見上げながら、当然だと言わんばかりに大きく頷いただけだった。

「ああ。あのあたりを攻めているうちは放っておいて問題はない」

先日大きな生産拠点を失った事で、ラルグウィンは物流や情報の管理に関する大改革を行った。これにより拠点同士のやりとりは幾重《いくえ》にも重ねた卵の殻《から》のような構造に再編された。人やモノ、情報はその殻の表面でのみ行き来するようにし、別の殻へのアクセスは極力減らす。そして別の殻へのアクセスが許可された拠点も定期的に位置を変え、アクセスに関する情報隠滅《いんめつ》も同時に行う。こうする事で皇国軍に芋《いも》づる式《しき》に攻められるリスクを低減していた。今回受けた攻撃はその最外殻にある拠点に対するものであり、別の殻へのアクセスが許された拠点という訳でもない。今のところは特に問題がある状況ではないのだった。

『流石《さすが》ですな、ラルグウィン殿《どの》』

「前回あれだけやられたからな、どうしても手を打つ必要がある」

『道理ですな』

「とはいえ、無傷だと胸を張れる状況でもない。あの拠点に集積されていた魔法《まほう》の武器を失っているからな」

『攻撃計画の決め手の一つであった訳ですからな』

ネフィルフォランの推測は当たっていた。攻撃を受けた拠点に蓄《たくわ》えられていた魔法の武器――厳密には霊力《れいりょく》の武器も含《ふく》まれていたのだが――は、近日中に皇家と青騎士《あおきし》に対する攻撃に使う筈《はず》のものだった。一部とはいえそれを失ったので、暢気《のんき》に構えている訳にはいかないのも事実だった。

『しかしそれに関しては私の方から良い報告がございます』

攻撃作戦を実行するには失った分を補填《ほてん》する必要がある訳だが、幸いグレバナスにはそれを可能とする手段に心当たりがあった。

「ふむ、何か研究に進展があったのか？」

先日の戦いでは霊子《れいし》力関連の生産拠点を失って大きな損害を受けたのだが、その中で唯《ゆい》一《いっ》得られた成果が『廃棄物《はいきぶつ》』と呼ばれている黒い液体だった。この『廃棄物』には負の霊力を溜《た》め込んで生ける屍《しかばね》を生み出す力があり、あれ以来グレバナスはその研究に没頭《ぼっとう》していた。

『はい。例の「廃棄物」の制御《せいぎょ》の目途《めど》が立ちました』

手に入れた『廃棄物』は感染《かんせん》と再生産を繰り返すだけの、およそ兵器としては使い道のないものだった。陽動には使えるかもしれないが、それでさえ敵が全て駆除《くじょ》してくれる事が前提になる。駆除できない場合は『廃棄物』が使われた地域には人間が居なくなる。それは軍の武器として致命的《ちめいてき》な欠陥《けっかん》であり、しかも殲滅《せんめつ》なら核兵器《かくへいき》や生物・化学兵器を使った方が早いとくれば使い道が無いのは明らかだった。しかし『廃棄物』を制御出来るなら話は別だ。感染の有無《うむ》、その速度や範囲《はんい》を自由に制御出来るのであれば、兵器として使えるようになる。そしてグレバナスは研究の結果、制御の手段を発見していた。

『また、その過程で「廃棄物」が怪我《けが》の治療《ちりょう》に使える事も分かりました』

制御の研究の過程で思わぬ副産物があった。それは『廃棄物』を利用した人体の再生技術だった。『廃棄物』の増殖《ぞうしょく》や感染のプロセスで、一時的に吸収した生物の構造を模倣《もほう》する事があるのだが、それを失われた部位の代用品として利用しようというのだ。これは怪我をした兵士をあっという間に戦場へ復帰させる事に繋《つな》がるので、グレバナスはこの再生技術の研究も並行《へいこう》して行っていた。

「治療な………性質上、侵食《しんしょく》されるのではないか?」

だがラルグウィンには一抹《いちまつ》の不安があった。欠損部位のふりをしている『廃棄物』を移植するという事なので、そこから生ける屍になってしまうのではないかという問題が考えられるのだ。そして生ける屍は本能的な行動しか出来ないので、兵士として戦場に復帰させるという事には繋がらない。それなら時間をかけてフォルトーゼの技術で普通《ふつう》に再生したり、人工臓器を使った方がマシなように思えた。

『現時点では。しかし制御の目途は立っておりますから』

「つまり治療時の制御も目途が立った、という事か」

『左様です』

しかしこの問題にも解決の目途が立っていた。移植した『廃棄物』は侵食をしないように制御してやればいいので、制御の目途が立った時点で治療に関しても目途が立ったという事になるのだ。

「制御出来るようになった『廃棄物』と、人体の瞬間的《しゅんかんてき》な再生技術か……悪くないな。資金源にもなりそうだ」

『はっはっは、ラルグウィン殿も青騎士《あおきし》のように医療《いりょう》ビジネスに参入されますかな？』

「筋肉の増量、見た目や指紋《しもん》の変更《へんこう》……現行の法制度では違法《いほう》な行為《こうい》の数々があっという間に出来るようになる訳だ。やらぬ手はあるまい。とはいえ、今の段階ではこちらの切り札にしておくべきだろうがな」

『そうですな。失った武器の代わりにする訳ですから、わざわざ手の内を明かすようなリスクは避《さ》けねばなりますまい』

「引き続き頼《たの》む」

グレバナスの報告を受けたラルグウィンは満足げだった。それを確認したグレバナスは大きく頷いた。

『かしこまりました。……それでは早速《さっそく》研究に戻ります』

グレバナスはそう言うとラルグウィンに背を向けた。

――制御と人体再生の目途が立ったという事は、つまりはマクスファーン様の……。

そしてラルグウィンからその顔が見えなくなった後で、グレバナスはそのしわくちゃの顔を歪《ゆが》ませて笑った。それは酷《ひど》く邪悪《じゃあく》な笑顔《えがお》だった。それを見た者は一人だけ。このタイミングで司令室に入って来た、灰色の騎士だった。

『おや、騎士殿《どの》』

「研究に戻るのか?」

『はい。これから忙《いそが》しくなります』

「だろうな」

『では……』

「……」

グレバナスは灰色の騎士に一礼すると司令室を後にする。灰色の騎士は去っていくグレバナスの背中をじっと見ていたが、結局は何も言わなかった。灰色の騎士はそのままラルグウィンに近付いていく。

「呼んだかラルグウィン」

「来たか、灰色の」

灰色の騎士が司令室へやってきたのは、ラルグウィンの要請《ようせい》に応じての事だった。ラルグウィンはちらりと灰色の騎士に目をやってから、情報が表示されている立体映像を指し示した。

「実は拠点の一つが攻撃を受けた」

「見た所、大した損害ではないようだが」

「そうだが、やられっぱなしというのも性に合わない。ここらで一手、反撃《はんげき》を考えているところだ。そこで貴公に協力を要請したい」

「何をやるつもりだ、ラルグウィン?」

「兵力に差がある状態での削《けず》り合いを避けたい。向こうが動きにくくなるように、その原動力を潰《つぶ》してやろうと考えている」

残念ながら兵力の差は明らかだった。今後勢力を拡大したり、他の反政府勢力との合流を行ったとしても、しばらくは皇国軍には及《およ》ばないだろう。だから皇国軍の動きを悪くする為の一手を必要としていた。

「その為に、かねてから狙《ねら》っていたものがある。そこへの攻撃に、貴公も参加して貰《もら》いたいのだ」

「協力に関しては了承《りょうしょう》した。お手並み拝見といこう」

「助かる」

灰色の騎士の協力が得られた事で、ラルグウィンは小さな笑《え》みを浮《う》かべる。これまで防戦一方になっていたが、遂に反撃の時がやって来たのだ。ラルグウィンの気分は高揚《こうよう》していた。

「話はそれだけか？」

「ああ。呼び付けて悪かった」

「後で攻撃計画を送ってくれ」

「分かった。手配しておく」

話が済むと、灰色の騎士はあっさりラルグウィンに背を向けた。今の彼《かれ》は、あまり他人との接触《せっしょく》を好まない。程なく灰色の騎士も司令室を去っていった。

「やれやれ、愛想《あいそ》のない連中ばかりだ……」

灰色の騎士が去った後、ラルグウィンは一人でそうぼやく。だがその表情をすぐに引き締めると、デスクの上に置かれた写真立て――に相当する立体映像の技術だ――に目を向ける。そこにはヴァンダリオンの姿と、一人の少年の姿が映し出されていた。

「遂に戦いの時が来ました……」

ヴァンダリオンは苛烈《かれつ》で邪悪、手段を選ばない危険な男だった。しかしそれでもラルグウィンにとっては家族であり、目標でもあった。甥《おい》っ子として大事にされていたし、厳しい指導を受けた事もある。その経験が、ラルグウィンが部下を大事にする下地にもなっていた。不幸にしてヴァンダリオン自身は、そうではなかったのだが。

「叔父《おじ》上、いつかの小僧《こぞう》が何処《どこ》までやれるようになったか……ご覧あれ」

写真立てに向けられたラルグウィンの視線は優《やさ》しい。そうなるのはやはり、ヴァンダリオンが叔父である事、そしてその想《おも》い出ゆえだろう。ラルグウィンは、叔父であるヴァンダリオンの仇討《あだう》ちに格別の想いがあった。そして打倒《だとう》皇家、打倒青騎士《あおきし》は、ヴァンダリオンから引き継《つ》いだ重要な目的でもあるのだった。

前回の戦いにおいて予想外に手にした『廃棄物』ではあったが、結果的としてグレバナスの目的を大きく前進させてくれた。グレバナスの目的とは、もちろんマクスファーンの蘇生だ。つまり死者を蘇生させる技術を確立する必要があった訳なのだが、『廃棄物』はその技術の発展に大きく寄与《きよ》していた。

『どうだね?』

「心臓が再び動き出してから四分四十二秒で脳波が回復。今はまだ眠《ねむ》っている状態に近い活動レベルですが、もう少しで覚醒《かくせい》レベルまで到達《とうたつ》します」

研究室へ戻って来たグレバナスに、助手が状況を報告する。グレバナスがラルグウィンと話をしている間も実験は続いていたのだ。ちなみにこの助手は先日失われた生産施設《しせつ》の責任者であり、視察に訪《おとず》れたグレバナスの案内役を務めた人物だった。責任を取らされて降格された彼は、その霊子力技術に関する知識と技術を買われて、グレバナスの助手に収まっていた。

「グレバナス様、本当に、ダグバランは生き返るのでしょうか?」

死者蘇生の実験には、一人の女性兵士が同席していた。彼女はサンサーラという名前の分隊長で、先日偵察《ていさつ》任務に出掛《でか》けた時に、彼女の部下で、しかも同郷で同期の兵士が殉《じゅん》職《しょく》した。その兵士が蘇生実験の被験者《ひけんしゃ》だった。

『その為の研究です。百パーセントの保証は出来ませんが、彼が目を醒《さ》ますよう努力を続けています。彼に呼び掛《か》け続けて下さい、サンサーラ分隊長』

「……私なんかが研究のお役に立つのでしょうか？　正直、自信がありません」

『死者の蘇生が繊細《せんさい》な技術である事は、貴女《あなた》にも想像が付くでしょう？』

「は、はい。流石にそれは私でも分かります」

『魂《たましい》の再構成と定着には、貴女の頭の中にある彼に関する情報が必要なのです。自信をお持ちになって下さい、サンサーラ分隊長。貴女と彼の想い出が呼び水となり、彼を死の世界から引き戻すのです』

「はい……やってみます」

サンサーラは頷くとダグバラン――被験者の手を握《にぎ》り、彼への呼び掛けを始めた。この時のサンサーラの頭には幾《いく》つかの電極や装置が取り付けられていた。彼女の脳波や霊波《れいは》を取得し、被験者の蘇生に利用しているのだ。

「……起きろよダグバラン、まだ貸したお金を返して貰っていないわよ……」

魂は死んだ傍《そば》から劣化《れっか》が始まる。魂を維持《いじ》する為の機能を持っている肉体が死んでしまうので、通常の霊魂《れいこん》は時間の経過と共に現世では存在を保てなくなり、死後の世界へと旅立っていく。だから蘇生には二つの技術が必要になる。まずは肉体側の蘇生。そして魂の再構成と定着だ。肉体側の蘇生はそう難しい事ではない。グレバナスの魔法だけでも傷を塞《ふさ》ぎ心臓を再び動かす事は不可能ではなかった。だが問題は魂の力だった。劣化部分を修復し、それを肉体に定着させてやらねばならない。これがとても難しく、魔法だけではよほど条件を整えなければ完璧《かんぺき》な蘇生は見込《みこ》めなかった。だが今のグレバナスには霊子力技術とフォルトーゼの最新科学がある。それだけでも蘇生の技術は大きく進歩したのだが、先日入手した『廃棄物』が更《さら》なる進歩をもたらした。『廃棄物』の魂を吸収、融合《ゆうごう》する能力が蘇生における魂の再構成に使える事が分かったのだ。そして今回の実験は、その到達《とうたつ》点《てん》を確認《かくにん》する為に行われていた。

「グレバナス様、脳波が太くなりました！」

『良いぞ！　分隊長、彼の事をよく思い出して！』

「起きて、ダグバラン！　私を守って死ぬだなんて、そんなカッコいい死に方、絶対に許さないから！　すぐに起きて、いつものだらしない顔で、ずっと笑っていなさい！」

サンサーラは必死だった。ダグバランは同郷で同期の仲間、そして彼女にとってはそれ以上の存在なのだ。

「脳波の活動レベルが覚醒《かくせい》状態に到達！　被験者が目覚めます！」

『頼むぞダグバラン君、君が背負っているのは自分の命だけではない！』

　この時、グレバナスもまた必死だった。その理由はやはりマクスファーンだ。ダグバランの蘇生には、持てる限りの力と技術を投入している。これが失敗となればマクスファーンの蘇生は大きく遠のくだろう。これはグレバナスにとっても一世一代の勝負だった。

「………ん、んあぁ？　あれ………？」

「ダグバランッ!!」

「被験者が覚醒！」

『どうだ!?』

　三人が見守る中、遂に被験者のダグバランが目を醒ました。彼は目を開けてしばらく天井《てんじょう》を見つめて瞬《まばた》きを繰り返すと、ゆっくりと視線を下ろし、自分の右手を見た。そして自分の右手を固く握りしめている何者かに気付き、再び視線を上げた。

「………ぶんたい、ちょう？　あれ？　ここは………」

「私が分かるか、ダグバラン！」

「それは………はい。サンサーラ分隊長、俺《おれ》は一体どうしたんです？　あの時死んだ筈では………？」

　目覚めたダグバランは不思議そうにしていた。彼は霊能力《れいのうりょく》の素養がある訳ではなく、しかもサンサーラを守って死んだので悔《く》いもなかった。だから幽霊《ゆうれい》になる事もなく、ただ静かに死後の世界への旅立ちを待っていた。そんな彼なので、その記憶《きおく》は死んだ瞬間《しゅんかん》までで止まっていた。

「確かに死んだぞ、ダグバラン！　だがグレバナス様が生き返らせて下さったんだ！」

サンサーラは思わずダグバランの手を握る力が強くなっていた。同時にその両目から大《おお》粒《つぶ》の涙《なみだ》を流し始める。失われた筈のものが帰って来た。その喜びの大きさに、彼女は涙を堪《こら》えられなかった。

「ぶ、分隊長？」

対するダグバランの方はまだ混乱が抜《ぬ》けていなかった。そもそも死から蘇《よみがえ》ったというのがよく分からないのに、サンサーラが自分の為に泣いてくれている。だから自分が都合の良い夢を見ているんだろう、そんな風に感じていたほどだった。

――サンサーラ分隊長には、彼がきちんとダグバラン君として認識されている。良い傾向《けいこう》だ………。

グレバナスはそんな事を考えながら、視線を助手の方に向ける。すると助手はグレバナスの意図を汲《く》み取り、一つのデータをグレバナスに送ってきた。

――霊波《れいは》の一致率《いっちりつ》は九九・九八パーセント………これは大成功だ………。

腕輪《うでわ》の立体映像でデータを確認したグレバナスは内心で大きく安堵した。蘇生後のダグバランと、遺品に残されている蘇生前のダグバランの霊波は、ほぼ一致《いっち》している。差は僅《わず》かで、誤差と言っても差し支《つか》えないレベルだった。『廃棄物』の入手前はここまでの成功はなかった。霊波の一致率はもっと低く、サンサーラのような蘇生の協力者が、被験者の僅かな違和感《いわかん》に気付いてしまうレベルでの蘇生しか出来なかったのだ。そうした事情を総合すると、グレバナスの蘇生技術は完成したと言う事が出来るのだった。

『ほっほっほっほ、気分はどうです、ダグバラン君？　何かおかしいところとか、気分が悪かったりとかはしませんか？』

そんな訳でグレバナスは上機嫌《じょうきげん》だった。彼自身も蘇生を受けているせいで性格が歪んでしまっていたが、元々は温厚《おんこう》な性格だったので、この成功の高揚感の影響《えいきょう》で本来の彼の人格が表に出て来ていた。

「ありがとうございます、グレバナス様！　………え、ええと、少し、左手が痺《しび》れるかもしれません」

当初はグレバナスの異形の姿に面食らったダグバランだったが、すぐに気を取り直してグレバナスに礼を言った。やはり命の恩人――――普通とは少し意味が違うが――――には失礼な事は出来なかった。

『ふむ、左手の怪我は重かったので、蘇生のついでに再生も施《ほどこ》しています。神経系が再構成されたので、最初は痺れたりうまく動かなかったりするでしょう。それが長く続くようなら私に言うように』

ちなみに実験は蘇生だけではない。ついでに『廃棄物』を使った人体の再生についても実験が行われていた。もちろんフォルトーゼにも欠損した人体の再生技術はあるが、どれも多くの時間がかかるものだ。だから『廃棄物』の模倣能力で即時に再生する技術は、とても魅力的《みりょくてき》だ。特に怪我が即戦力《そくせんりょく》の低下を意味する軍隊においてはそうだった。

「グレバナス様、何とお礼を申し上げればよいやら……言葉もありません」

サンサーラは涙を拭うと、グレバナスに向かって深々と頭を下げる。彼女は本当にグレバナスに感謝していた。ダグバランが死んだ時、彼女は彼が自分にとって何者であったかを明確に意識した。だからその蘇生を成《な》し遂《と》げたグレバナスには神にも等しいレベルでの感謝を捧《ささ》げていた。

「ホラ、お前も頭を下げろ、ダグバラン！」

「いてっ」

『これも研究の一環《いっかん》です。ただ、その機会に恵《めぐ》まれた幸運に感謝すると良いでしょう』

「あ、ありがとうございます！　グレバナス様！」

これはダグバランの側も同じだった。彼が死んだのはサンサーラを庇《かば》っての事だ。だから彼女のもとへ戻ってこれた事は、非常に重い意味を持つ。ダグバランにとっても、グレバナスは敬意の対象となっていた。

蘇生したばかりのダグバランだったが、すぐに立って歩けるようになった。身体がエネルギーを使い果たしていたので栄養補助の点滴《てんてき》をしていたが、それ以外は特に問題はないように見えた。これもまた『廃棄物』を使った蘇生の優《すぐ》れた点と言えるだろう。

「それでは失礼致します、グレバナス様」

「大変お世話になりました」

サンサーラがダグバランを乗せた車椅子《くるまいす》を押《お》して研究室を出て行く。精密検査の後、ダグバランは兵舎で療養《りょうよう》する事に決まった。既《すで》に立って歩けるようにはなっていたのだが、やはり大事を取ってしばらく療養させるべきだというのがグレバナスの意見だった。

「見た目より良い人なんですね、グレバナス様って」

「見た目で判断してはいけない典型例かもしれないな。だがダグバラン、その御好意《ごこうい》を当たり前だとは思うなよ。お前はその図体《ずうたい》に見合った活躍《かつやく》をして、グレバナス様に恩返しをするように」

「分かってますよ、俺だって恩知らずだとは思われたくありません」

「うん、ならいい。まずは健康を取り戻すところからだ」

「それと分隊長」

「なんだ？」

「……ありがとうございます」

「れっ、礼など要《い》らん！　馬鹿者がっ！」

「はい」

二人は何事かを言い合いながら兵舎に向かって歩いていく。そんな二人を横目に見ながらグレバナスの研究室を訪れたのが灰色の騎士《きし》だった。

「………上手《うま》く手懐《てなず》けたものだな、グレバナス」

『昔の貴方《あなた》ほど上手くはありませんが………手駒《てごま》は多いに越《こ》した事はありません』

実のところ、グレバナスがサンサーラ達を大切な客人のように扱《あつか》ったのは、自分のこれからの為でもあった。グレバナスの味方は少なく、異形の外見がそれに拍車《はくしゃ》をかける。今後何をするにせよ、味方を作る努力は必要だった。その意味においては蘇生の被験者と関係者に優しくするのは、非常に良い手だった。これは引き取った助手も同じだった。

「ふん……今日はお前の手駒になりに来た」

『……お話を聞きましょう』

グレバナスは軽く目を細めると灰色の騎士を招き入れる。同時に腕輪を操作して、別の部屋にいる助手にメッセージを送った。内容はしばらく一人にして欲しいというものだ。ちなみにグレバナスが腕輪型のコンピューターを使うようになってから、まだあまり時間が経《た》っていない。だが研究熱心な彼は既に完全に使いこなしていた。

『どうぞこちらへ』

「立ったままで良い。長居するつもりはない」

『私達の話が外へ漏《も》れないように、という意味で申し上げております』

「……なるほど」

灰色の騎士は頷《うなず》くと、部屋に用意されている応接セットに歩み寄る。そこには幾つかの魔法がかけられていて、電子的な記録などから守られ、音が外へ漏れる事もないように工《く》夫《ふう》されていた。流石にこの理由であれば灰色の騎士も席に着く事に文句は無かった。

「見た所、死者蘇生の技術はほぼ完成したようだな」

灰色の騎士は席に着くなり話を始めた。グレバナスはもう少し優雅《ゆうが》なお喋《しゃべ》りがあっても良いだろうとは思うのだが、マクスファーンもそうであった事から、笑顔で応じた。もっともそれを笑顔と判別できる人間は少ないのだろうが。

『ほっほっほ、その為の切り札が揃《そろ》いましたからな』

「フォルトーゼの科学、霊子力技術、そして例の『廃棄物』、か」

『左様です。死んですぐであり、かつ被験者と親しい人間の協力があるならば、ほぼ完璧と言えるでしょう』

フォルトーゼの科学はDNA情報を正確に取得する事を可能とし、霊子力技術と『廃棄物』は魂の再構成に大きく寄与した。魔法だけでは、ここまで完全な蘇生は望めなかっただろう。グレバナスは新しい技術を得た事で、蘇生によって失われるものを大きく減らす事に成功していた。

「そうなると残る問題は、二千年前に死んだマクスファーンの魂を、どこまで再生できるのか――――だろう?」

『はい。たった七百年の私ですら、再現性はこの有り様でございますれば』

グレバナスは苦笑《くしょう》する。フォルサリアでグレバナスを蘇生した者達《たち》は、ここまでの技術は持っていなかった。もちろん魔法についてもだ。彼を不死者――――リッチとして蘇生させたのも、単純な技術不足が原因でもあるのだ。また魂の再現性も不完全で、修復部分に蘇生した者達の勝手なイメージが流入してしまっている。おかげでグレバナスは少しマクスファーン寄りの人格として蘇生されてしまっていた。

「そこでさっきの話になる」

『なるほど、この問題の解決に手を貸して頂けると』

「ああ。俺がマクスファーンの科学的、霊的《れいてき》情報を収集する。あるいは奴《やつ》の蘇生の際に混《こん》沌《とん》の力を貸してやるのでも良い」

『………魅力的なご提案ですな』

グレバナスは異形の肉体を持ち、フォルトーゼの土地勘《とちかん》もない。大地の民の墓所を襲《おそ》った時とは訳が違う。灰色の騎士が代わって情報の収集にあたってくれるというのなら、それに越した事はなかった。また彼の混沌の力が借りられるメリットは大きかった。

『ですが………混沌による蘇生については保留とさせて頂きます』

「人格の境界が曖昧《あいまい》になるから、だな?」

『はい。私が蘇生させたいのはあくまでマクスファーン様でありますから。混沌に頼《たよ》るのは最後の手段としたいのです』

混沌の力は生と死を曖昧にして蘇生を容易にしてくれるが、同時にマクスファーンの存在も曖昧になるというリスクがあった。魂も、その肉体もだ。だがマクスファーンそのものを復活させたいグレバナスなので、その使用には慎重《しんちょう》になっていた。高い再現性で蘇生できるようにしたのもその為なのだから。

「……お前が蘇生に混沌を使わないと言うのなら、それはそれで良いだろう」

『他の局面では、混沌の助力はありがたいですからな。そちらはお願い致します』

マクスファーンの情報の収集時に敵を倒《たお》したり、追跡《ついせき》を避けるのに混沌を使う分には問題はない。むしろ確実性が高まり、ありがたい話だった。

「そう言うという事は、同意したと考えて良いのか?」

『はい、是非《ぜひ》よろしくお願い致します。とはいえ……そちらの要求次第《しだい》という面はございますが』

グレバナスとしては断る理由は無かった。灰色の騎士の実力はよく分かっている。確実にマクスファーンの情報を集めてくれる筈だ。これ以上の適任者は居ないだろう。問題があるとすれば、灰色の騎士はボランティアでこんな事を言い出した訳ではない、という事だった。

「心配する必要はない。そんなに大した事を要求するつもりはない。お前が持っている霊子力技術と魔法を提供して貰いたいだけだ」

『霊子力技術?』

グレバナスの目が軽く見開かれる。この提案は彼には予想外だった。

「俺はいずれ早苗《さなえ》を渦《うず》に取り込《こ》まねばならんが、残念ながら現時点ではあいつの霊力には敵《かな》わない。霊子力技術の支援《しえん》が欲《ほ》しいのだ」

既に八人の少女達を混沌の渦に取り込んだ事で、灰色の騎士は巨大《きょだい》な力を持っている。だが霊能力に関しては埴輪《はにわ》達のそれしか取り込んでいない。おかげで霊力に限れば灰色の騎士は『お姉ちゃん』に劣《おと》っていた。つまり以前と同じように、霊力を使った思わぬ逆襲《ぎゃくしゅう》を受ける可能性が考えられるので、それを防ぐ為《ため》の手段が必要なのだった。

『それをあえて、私に求める、という事ですな?』

「そうだ。あえて、お前にだ」

『ふむ………』

魔法はともかく、霊子力技術はラルグウィンも持っている。それをあえてグレバナスに要求する理由は何なのか――グレバナスは一度大きく息を吐《は》き出すと、苦笑した。

『……お見通しという訳ですな』

「蘇生の目途が立った以上、恐《おそ》らく俺が早苗と戦う頃には既に――」

『おっとっと、そこまでで結構。対策済みとはいえ、あまり口に出して欲しい言葉ではございませんので』

「……。返答は?」

『恐ろしい方ですな。………ふぅ、分かりました。こちらもご協力致しましょう』

「契約《けいやく》成立だな」

『契約？　脅迫《きょうはく》の間違《まちが》いでは？』

グレバナスは冗談《じょうだん》めかしてそう言ったのだが、実のところ言葉の調子ほどには冗談ではなかった。その証拠《しょうこ》に、その干《ひ》からびた目は今も油断なく灰色の騎士を見つめていた。

「心外だ。嫌《いや》なら嫌で構わなかったのだぞ」

『………本当にそう思ってらっしゃる事が一番恐ろしいのですよ、騎士殿………』

こうして灰色の騎士とグレバナスの間で密約が交《か》わされた。灰色の騎士はグレバナスの為に働き、グレバナスはその対価として戦う為の技術を提供する。一見すると何の変哲《へんてつ》もない取り引きに見えるのだが、それは新たな局面の到来《とうらい》を告げる特別な取り引きなのだった。

孝太郎の仕事　十月十八日(火)

ＤＫＩことドラゴンナイトインダストリーは、史上空前の好業績に沸《わ》いていた。その原因はやはり先日発売したばかりのＰＡＦで、一台あたりの利益はさほどないにもかかわらず、その桁違《けたちが》いの生産量とそれを大きく上回る注文数により、とてつもない額の利益がもたらされる事が確定的となっていた。

「……何でこんなに売れるんだ？」

そのＤＫＩの所有者である孝太郎《こうたろう》は、この状況《じょうきょう》に困惑《こんわく》していた。孝太郎としては、ＰＡＦは状況に応じて使う機械式の義手や義足の代用品とか、体力が落ちた老人の補助器具というイメージだった。だからそれが非常に多くの業種から求められているという状況は完全に予想外だった。

「恐らくフォルトーゼが銀河に大きく広がっている事が原因だろう。あらゆる局面で利用出来る汎用《はんよう》作業機が求められているのだ。もちろん、汝《なんじ》の持つアピール力が大きいという事もあるのだがな」

キリハはそう言って孝太郎に笑いかけた。神聖フォルトーゼ銀河皇国は、その名の通り銀河規模の国土を持っている。そして今も惑星開拓《わくせいかいたく》は進んでおり、その国土は広がり続けていた。その過程で作業機械が沢山《たくさん》必要になるが、個人レベルの作業であればPAFは多くの局面でそうした作業機械の代用品足り得た。つまり作業機械を沢山用意しなくてもよくなるのだ。国土が広がれば広がる程に物流の問題が生じるので、作業機械を減らす事には大きな意味がある。もちろんそれ以外にも、人手不足に陥《おちい》っている星系では単純なマンパワーの補助として使われるし、深海や鉱山などの危険な現場でも有用だ。だから青騎士《あおきし》の商品であるという事を差し引いても、PAFはフォルトーゼ向きの商品であったのだろう――――というのがキリハの見立てだった。

「じゃが理由はどうあれ、こうして儲《もう》かってしまったのは事実じゃ。そなたの信念に従うと、この利益は使うしかない訳じゃ。………して、どう使う?」

ティアのこの言葉が、この日の会議の議題だった。孝太郎は基本的にフォルトーゼの社会に対して大きな影響《えいきょう》を与《あた》える事を避けたいと考えている。孝太郎が何かをすれば、元々それをやっていた人達に多大なダメージを与える恐れがあったからだ。今回の例で言えば作業機械メーカーにダメージを与えている事は想像に難《かた》くなかった。もちろん、そうならないように手を打ってはいるのだが。そして同じ事はお金についても言える。孝太郎の所にお金が集まり続ける事は良い事ではない。その分だけ経済が滞《とどこお》る事になるからだ。意図せず集まって来たお金だが、悪影響をもたらさない為には、ちゃんと使ってフォルトーゼの経済に戻《もど》してやらねばならない。アライアが定めた俸給《ほうきゅう》のように、貯《た》め込んでしまう訳にはいかないのだった。

「どう使うって言われてもな……すぐには思い付かないぞ」

孝太郎はこの問題に頭を抱《かか》えていた。そしてだからこその会議でもある。この会議で何とか使い道を捻《ひね》り出したい孝太郎だった。

「ではどう使うかは一旦《いったん》置いておいて、そのお金をどういう事に使いたいかというイメージはありますか？」

頭を抱える孝太郎に助け舟《ぶね》を出したのは晴海《はるみ》だった。晴海は孝太郎が示したイメージに合わせて実際の使い道を考えるのが正解への近道だろうと思っていた。

「………漠然《ばくぜん》とですが、世の中の役に立つ事に使いたいとは思っています。あと、他の人があまりやりたがらない事に、かな？」

ＰＡＦがああいう性質のものである以上、そこから得た利益も同じ思想で使うべきであるというのが孝太郎の基本的な考え方だった。だから今回の件で得たお金は、やはり不自由な人の為に、失ったものを取り戻す為に使うべきだ、という考え方になる。また予期せぬ利益である事から、利益に繋《つな》がり難《にく》い、誰《だれ》もやりたがらない仕事に回すべきだとも考えていた。

「では復興の為の投資や融資《ゆうし》に使うというのは一つの手ですね」

真希《まき》の考えは建設業者やその資材メーカーへの投資や融資、というものだった。これは単純で、内乱の爪痕《つめあと》が残る皇国全土で建設業者やその為の資材が求められている。そこへお金を回してやれば復興が早まるだろう、という考えだった。

「このわたくし『早苗《さなえ》ちゃん』のような、癒《いや》し系《けい》天使にお金を渡《わた》してあげましょう」

「お前に渡すとろくな事に使わないだろ」

『ぶぅ、そういう意味じゃないよう。白衣の天使――看護師さんやお医者さんにお金を渡せって言ってるの！』

「……意外とちゃんと考えてるのな」

『ごめんなさいは？』

「ごめんなさい」

「結構」

早苗のアイデアは割と単純であったが、これもまた正論だった。内乱によって医療機関《いりょう》に負担がかかっていたので、その支援をした方が良いというものだった。これには孝太郎も賛成だった。

「とはいえ建設系への融資は既に民間企業《きぎょう》レベルで数多く行われているし、医療現場の負担のピークは越《こ》えている。それらはむしろ減税で対応した方が効果的だろう」

真希や早苗のアイデアは間違ってはいないのだが、建設系には比較的《ひかくてき》お金が集まり易《やす》かったし、医療現場は内乱から既に半年以上が経過し切迫《せっぱく》した状態にはない。それらへの対応は皇国側が減税などで対応する事が可能であり、孝太郎が思い描《えが》くお金の使い方とは少しずれているだろう、というのがキリハの考えだった。

「わらわは軍事関係への投資を希望するぞ。魔法《まほう》や霊力《れいりょく》に関連して、残念ながら装備の刷新が必要じゃろう」

「普段《ふだん》なら軍事は後回しと言いたいところだが、今回はそれもありだな」

ティアの考えは皇国軍の魔法や霊力への対策にお金を回すというものだった。今後は敵がその方面の攻撃《こうげき》をしてくる可能性があるので、対策が必要だった。また国家の予算としてはそこへお金を沢山回す根拠《こんきょ》に乏《とぼ》しい事も問題だった。まだ魔法や霊力の事は伏《ふ》せられたままなので、そこへ予算を付けるのが難しいのだ。そうした状況を踏《ふ》まえると、孝太郎はティアの言う事ももっともだろうと思っていた。

「そういうレベルの話で良いなら、私は農業に力を入れてあげて欲しいかな。料理が趣味《しゅみ》だからかな、どうしても困った時は食べ物で良いんじゃないかって思っちゃう」

「私の場合は………うん、教育の下支えが希望です。内戦で家族を失ったお子さん達が結構いるのではないかと思うんです」

「わたくしはこのタイミングでは誰もが忘れがちになる芸術や科学、スポーツの振興《しんこう》にお金を回して欲しいですわね」

この辺りから全員がどういう事を話し合うべきなのかを理解し始め、次々とアイデアが飛び出していく。だが一人だけ議論についていけていない人間が居た。それは我らが愛と勇気のプリンセス☆魔法少女レインボゥゆりかその人だった。

「………うーん………」

彼女《かのじょ》は活発に議論している孝太郎達《たち》を見ながら考え込んでいた。彼女の専門は魔法なので、自然と魔法の為にお金を使ったりする方向に考えが向く訳なのだが、この状況で魔法を振興させたら大変な事になるのでそれは無いだろう――――彼女は最初、そんな事を考えていた。ちゃんと彼女なりに考えてはいたのだ。だがそれ以上に気になる事があり、今は完全にそっちに気を取られていた。

「どうかしましたか、ユリカさん」

隣《となり》に座《すわ》っていたエルファリアが、考え込んでいるゆりかに気付いた。そして孝太郎達の議論を邪魔《じゃま》しないよう、その耳に小声で囁《ささや》く。ちなみにエルファリアがゆりかの隣に座っていたのは、魔法に関する専門家――驚《おどろ》くべき事にゆりかはこの分野では確かに専門家なのだ――の助言が必要な場面が多いからだ。その為会議中にはしばしばこうして二人で小声で話し合う事があった。

「あのあのぉ、エルファリアさぁん」

ゆりかは考え考えといった調子で、やはり小声で返事をした。

「はい、なんでしょう?」

エルファリアはいつも通り優しい笑顔《えがお》をゆりかに向けている。彼女はいつもこうして少女達の事を見守っていた。

「んー……いつのまにかぁ、里見《さとみ》さんはぁ、フォルトーゼの王様? こ、こうてい? みたいな事やってますよねぇ?」

ゆりかが不思議だなぁと思っていたのは、孝太郎が政治家――ゆりか流に言うと皇帝《こうてい》のような事をしているという事だった。動かす金額が大きいのと、その目的の公共性が高いせいで、ゆりかにはそういう風に見えていたのだ。

「それが不思議だなぁってぇ、思ったんですぅ」

ゆりかは本当に、不思議だなぁとシンプルに思っていたので、笑顔のまま暢気《のんき》にそう話した。だが、そうではなかったのがエルファリアだった。

――――うっ!?

そこでゆりかは気付いた。エルファリアの気配が大きく変化した事に。それは重く冷たく、ある意味殺意すら籠《こも》った危険な気配だった。ゆりかはこの時孝太郎の方を見ていたのだが、エルファリアの変化を察し、慌《あわ》てて視線を彼女へ戻した。

「しー」

「エ、エルファリアさん？」

エルファリアは今も笑顔だった。確かに数秒前と全く同じ笑顔だった。だが目の奥《おく》が全く笑っていない。感じた気配通りの光がそこに宿っていた。ゆりかは戦慄《せんりつ》した。

「ユリカさん、私はその話はしたくありません」

あなた、これ以上その話をしたら分かっているんでしょうね？　その事をレイオス様に気付かれたら何もかも御破算《ごはさん》になるんですよ？　その場合、責任はあなたに取って頂きます。それをちゃんと分かっていて仰《おっしゃ》っているんでしょうね――――ゆりかはエルファリアの視線に込められているものを明確に理解できた訳ではなかったが、自身の身に迫《せま》る危険だけは敏感《びんかん》に感じ取っていた。

「はっ、はいぃぃぃっ！」

ゆりかがその圧力に逆らえる筈《はず》もなく、大慌《おおあわ》てで首を縦に振《ふ》った。

――さ、さとみさんはなにか、とてつもないたくらみにまきこまれている！

ゆりかが分かっていたのはそれだけであったが、彼女にはこれ以上その話題に触《ふ》れる勇気はなかった。

「結構」

その瞬間、エルファリアからの圧力が緩《ゆる》む。そして何事もなかったかのように微笑《ほほえ》む。そこに居るのは普段通りの、ゆりかが大好きな穏《おだ》やかで優《やさ》しいエルファリアだった。

――忘れよう、余計な事は考えないようにしよう……。

そんなゆりかの密《ひそ》かな決意をよそに、孝太郎達の議論は結論に至ろうとしていた。

「その中だったら、ここは……なんつったっけ、ろ、ろじすてぃくす？ 特にその赤字路線に突《つ》っ込もう」

少女達から様々な意見を聞いた結果、最終的に孝太郎はそのように結論した。投資先として建設や医療、農業や教育等の多くの意見が出たが、その全てに欠かせないのがロジスティクス――つまり分かりやすく言うと物流だ。人やモノが活発に行き来出来るように

なれば、多くの業種が活発になるだろう。また孝太郎が特に注目したのが物流の赤字路線で、そのせいで地方星系の復興が遅れ気味《おくぎみ》となっている。そうした路線は単独で見ると赤字なので増便ができず、黒字路線で損失がカバーできる程度の行き来しかない。だからどうしても復興が遅れ気味になるのだ。そこに重点的にお金を投資出来れば、孝太郎の理想的なお金の使い方になる筈だった。

「キリハさん、どう思う？」

アイデアとしては悪くない筈だったが、孝太郎は一応メンバーで一番の才女であるキリハに確認を取る。すると彼女は笑顔で大きく頷いた。

「うむ、我もそれが良いと思う。有意義なお金の使い方だろう」

キリハもこれには賛成だった。物流への投資は合理的だし、上を伸《の》ばすより下を伸ばして国民全体の幸福を考えるというのは彼女の信念にも合う。そして孝太郎がそういう判断をしてくれた事が嬉《うれ》しいから、キリハの笑顔は明るかった。

「流石《さすが》はレイオス様、善きお考えです」

これにはエルファリアも満足していた。救国の英雄《えいゆう》に相応《ふさわ》しい新事業であろうと思っていた。

「……………」

そうではないのはゆりか一人だった。

――あの笑顔の裏に、一体どんな企《たくら》みが……。

さっきのエルファリアの様子はただ事ではなかった。そこがとても気になるゆりかだったが、自分の身の安全の為に何も言わなかった。

「それとレイオス様、新しい事業をバックアップする為に、私からひとつ提案があるのですが」

「言ってくれ」

「実は以前からこんな事を考えておりまして」

エルファリアはコンピューターを操作すると、空中に幾つか映像を表示させた。それは一つ一つが何かのマークであり、それらの上には『青騎士《あおきし》関連事業認定《にんてい》マーク』デザイン案と記されていた。

「ご覧の通りデザインはまだ絞《しぼ》られておりませんが、『青騎士関連事業認定マーク』というものを考えております」

「認定マークだって?」

孝太郎は目を丸くする。どうしてそんなものが必要なのかが分からなかったのだ。

「はい。現段階ではＰＡＦだけですので必要のないものですが、今後こうした新事業が増えていく事を考えますと、レイオス様のお名前を利用して不当に利益を上げようとする不届き者が現れる事が考えられます。それを防ぐ為の措置《そち》が必要なのです」

「成りすまし詐欺《さぎ》への対策か。確かに必要になっていくかもしれないな」

だがエルファリアの説明を聞くと、孝太郎はなるほどそうだと納得《なっとく》した。今はPAFだけだが、今後は関連した商品やサービスが増えていくだろう。実際、既に複数のバージョンのPAFが商品企画部《きかくぶ》から上がってきているのだ。そうやって商品やサービスが増えていく過程で、孝太郎の名前を騙《かた》って不当に利益を得ようとする者が必ず現れるだろう。価値のない商品やサービスを孝太郎の名前の力で売りまくられては、多くの人間に不幸を呼び、最終的には孝太郎の関連する事業への信頼《しんらい》も失墜《しっつい》するだろう。そうならない為の対策は絶対に必要だった。

「このまま進めて構いませんか、レイオス様？」

「ああ、頼《たの》む。フォルトーゼの人達を疑うのは良い気分はしないが、それで彼《かれ》らに損害を与えるのもまずいからな」

これはフォルトーゼ人の一部がいずれ詐欺を働くだろうという前提で進める話なので、あまり気持ちが良い話ではないのは確かだ。それでも予防策は必要だろう、というのが孝太郎の最終的な判断だった。

「今回の物流への投資が、マーク導入の最初のケースになるでしょう。赤字路線はＤＫＩロジスティクスに限った話ではありませんから。今後は販売《はんばい》中のＰＡＦにも順次対応していく予定です」

「助かったよ、エル。お前が居てくれなきゃ、問題が起きてからの対処だったろう」

孝太郎は苦笑する。以前エルファリアは協力を約束してくれていたが、早くもその約束を守ってマークの話を進めてくれていた。こういう事は遅れて対処すると傷口が広がるので、正直ホッとしている孝太郎だった。

「……流石は母上じゃ。先を見据《みす》えておられる。わらわもコータローと同じで、目先の事しか見えておらんかった」

ティアも孝太郎と同じ気持ちだったのだが、相手が実の母なので、表情には少しだけ自《じ》慢《まん》げなニュアンスが混じる。そんなティアにルースが笑いかけた。珍《めずら》しい事に、この時のルースは少しだけ自慢げだった。

「実を申しますと、わたくしも一枚噛《か》んでおります。マークの偽造《ぎぞう》対策等でです」

「流石はルースじゃ」

「勿体《もったい》ないお言葉です、殿下《でんか》」

このようにして、孝太郎の事業は順調に進んでいた。だが事業以外の面では順調ではないものも少なくない。その一つについての報告が飛び込んできたのは、ＤＫＩの事業の話が一段落した時の事だった。

「済まないが、皆《みな》、少し時間を貰《もら》っても良いだろうか？」

ちらりと腕輪を見た後、キリハがそう提案する。

「俺《おれ》は構わないけれど」

孝太郎は迷わず頷く。他の少女達も同様で、反対する者はいなかった。キリハが何かお願いする時は、基本的に大事な事であるケースが多いのだ。そして今回もそうだった。

「たった今、ナナから連絡《れんらく》があった。新しく発見したラルグウィン一派の拠点《きょてん》への攻撃に成功したが、先へ続くような手《て》掛《が》かりはなし。敵側の情報管理が徹底《てってい》されてきたように見える、との事だ」

キリハは腕輪を操作して会議室の三次元モニターに情報を表示させる。するとネフィルフォラン連隊と宮廷魔術《きゅうていまじゅつ》師団が山中に隠《かく》されていた拠点を攻撃した事、そして制圧して何が見付かったのかという情報が次々と表示されていった。

「………流石に警戒《けいかい》レベルを上げてたみたいですね」

それらの情報を見た真希は、そう結論した。以前よりずっと、ラルグウィン一派の情報が出て来ていない。以前なら別の拠点に関する情報が少なからずあったのだが、そうしたものが一切《いっさい》出て来ていなかった。

「あれだけ負ければそりゃそうだよな」

孝太郎にも真希と同じように感じられた。そしてそうなる事情にも想像が付いた。先日の生産拠点の攻防《こうぼう》において、ラルグウィン一派は人災のせいで大敗した。しかしそれ以前の問題として、あの拠点がフォルトーゼ側に発見されていたという事があった。だから人災が無かった場合でもあの場所で大きな戦いがあった事は想像に難くなく、また彼らが勝っていたとしても大きな損害が出る筈であり、実際の損害が人災によるものであったのは結果論でしかない。きちんと状況を分析《ぶんせき》できているなら、情報管理を徹底するのは自然な事だった。

「……ともあれ、動きが見えないのは不安ですわね」

情報管理の徹底とはつまり、ラルグウィン一派の動きが見えなくなったという事でもある。それはある種の不気味さを感じさせ、クランの表情を渋《しぶ》いものへと変えていた。

「気になるのはやはり、魔法や霊子《れいし》力を使った武器が集められていた事ですね。近いうちに、その周辺のどこかで使われる予定だった事になります」

ルースが気になっていたのは、問題の拠点に魔法や霊子力技術で作られた武器が集積されていた事だった。これはどちらの勢力であっても同じなのだが、魔法や霊子力技術を使った武器は、量産に向かないという問題があった。つまり全ての拠点に集積されるものではないという事になる。それがあったという事は、近いうちに近い場所で使う事が予定されていたという事だろう。

「近いうちに、周辺で、か………」

ティアは自身の腕輪《うでわ》を操作して、立体映像に今回攻撃された拠点の周辺の星図を表示させる。そして彼女は、その周辺に何か攻撃目標になりそうなものがないか、主要な星系を一つ一つ眺《なが》めていった。

「………ここじゃな、バンディエット星系、惑星《わくせい》ワラグゾーン」

ティアがそれを見付け出すのに使った時間は僅《わず》かだった。そこにはラルグウィン一派が攻撃するに足る目標が存在していた。

「キリハよ、そなたはどう思う?」

「我もそれが目標であると考えている」

「そこはどんな星なんだ? 何故奴《なぜやつ》らはそこを狙《ねら》う?」

ティアとキリハの意見は一致《いっち》していたが、孝太郎には二人が何を話しているのか見当がつかない。星図を見上げながら首を傾《かし》げるばかりだった。

「レイオス様、ワラグゾーンは古くから鉱工業と造船業で発展した惑星――」

孝太郎の疑問に答えたのはエルファリアだった。普段は静かで穏やかなエルファリアだが、この言葉を口にした時の彼女は、孝太郎には怒《おこ》っているかのように感じられた。そして実際、エルファリアは怒っていた。

「――そこでは新しい『青騎士《あおきし》』が建造されております」

何故《なぜ》ならば、そこでは孝太郎の為の新しい宇宙戦艦《せんかん》『青騎士』が建造されているから。実の娘《むすめ》であるティアを例外とすれば、エルファリアにとって孝太郎と『青騎士』を狙う者は何よりも忌《い》むべき存在であるのだった。

ネフィルフォラン連隊がもたらした新情報のおかげもあって、この日の会議は予定よりも長引いてしまっていた。それが済んだ時、長く同じ姿勢で座っていたせいで、孝太郎の身体はすっかり凝《こ》り固《かた》まっていた。

「いてててて………」

孝太郎は腕《うで》を回したり、上半身を横に傾《かたむ》けたり、腰《こし》を回したりして、固まってしまった体をほぐしていく。

「里見君にはこの会議室の椅子《いす》は小さいわよね」

「もうちょっと大きいと助かるんですがね」

「あはは、育《そだ》ち盛《ざか》りの男の子は大変ね」

すぐ隣にいた静香《しずか》は、自身も身体を動かしながら孝太郎に笑いかける。その時の彼女の身体の動きは孝太郎のそれとは少しだけ違《ちが》っていた。そこに興味が出た孝太郎は引き続き身体を動かしながら尋《たず》ねた。

「大家さん、それは何をやっているんですか？」

「これ？　ああ、整体の先生に教えて貰った立ち方の矯正法《きょうせい》なの」

「立ち方？」

「うん。人間って、真《ま》っ直《す》ぐに立っているつもりでも、実はそうじゃないの。身体の使い方の癖《くせ》や筋肉の付き方で徐々《じょじょ》に重心がずれてしまうものなの」

「それを矯正しているって事ですね」

「うん。ちゃんと真っ直ぐ立てれば、戦ってる時の安定性に凄《すご》く差が出るの」

「へぇえ、空手をやっている人はそんな事にまで気を遣《つか》うんですね」

「私も最初に矯正して貰った時にはびっくりしちゃった。蹴《け》りの時の安定性が全然違うんだもん」

「そんなに違うものなんですか？」

「ええ。これは説明するよりやってみた方が早いわね。じゃあまず――――」

孝太郎は静香の指導に従って身体の各部を動かしていく。座ったり、しゃがんだり、背中を丸めたりと、全体的にストレッチに似ている動きなのだが、伸ばすよりも力を抜《ぬ》く動作が多めなのが特徴《とくちょう》だった。

「――――こんなところかな」

「へぇ……自分では何か変わったような感じはしませんけど」

矯正には殆《ほとん》ど時間がかからなかった。およそ数分といったところだろう。だが終わった時点では孝太郎自身には違いが感じられなかった。身体を動かした事で、身体の凝りが取れたかな、という程度だった。

「それでいいのよ。違いはビデオに録《と》るか、他の人に見て貰った方が分かり易いと思うわ」

「他の人か。おーいマッケンジー、ちょっとー」

「どうした？」

「ちょっとフォームを見てくれ」

「ああ、良いけど」

孝太郎は賢治《けんじ》を呼び寄せ、普段の投球練習の時と同じように身体を動かした。賢治と静香はそれをじっと見守っていた。

ひゅっ

ボールは持っていなかったが、孝太郎の腕が鋭《するど》く風を切る。その姿を見た賢治は、大きく頷《うなず》いた。

「どうだった？」

「しばらく前のフォームに戻った感じだな。下半身が明らかに安定してる。もっとも筋肉の付き方が剣術《けんじゅつ》よりだから、最盛期《さいせいき》のそれとは違うがな」

賢治の感覚では、矯正後の孝太郎の動きは、野球をやっていた頃《ころ》の動きに戻ったように感じられた。今の孝太郎の筋肉の付き方はフォルトーゼ流の剣術の為のものなので、同じように動いているつもりでも微妙《びみょう》に違う動きになる。だが立ち方の矯正のおかげで、孝太郎の動きがかつての投球フォームに近付いているように感じられていた。

「確かにな、俺自身もバランスをとるのが楽だった気がしてたんだ」

身体を動かしてみた事で、孝太郎の方も違いが分かって来ていた。振り被《かぶ》った時や足を上げる時に、少しやり易くなったような気がしていたのだ。賢治の言葉もそれを裏付けるものだったので、静香の話は本当だったという結論に至った孝太郎だった。

「草野球の前に、その矯正法を試《ため》すと良いかもしれないな」

「ほう……それは名案だな」

「お分かりいただけましたかな、里見孝太郎君」

「ええ。立ち方って重要なんですね、大家さん」

「ちなみにあの矯正法は毎日繰《く》り返さないと、徐々に元の立ち方に戻ってってちゃうから気を付けてね」

「新しい立ち方に慣れるまでやり続けろって事ですね」

「そーいう事っ」

　静香はそう言って微笑むと、再び自身も身体を動かし始めた。じっとしていて身体が凝っていたのは孝太郎だけではないのだ。孝太郎はそれを見て自身もストレッチを再開する。賢治はそんな二人を見て自分はどうしたものかと思ったのだが、すぐに小さく笑って背を向け、二人から離《はな》れていった。女の子の邪魔はしない主義だった。

「大家さん、お礼と言ってはなんですが、ストレッチ手伝いますよ」

「ホント？　じゃあちょっと背中押《お》してくれる？」

「はいはい」

　すぐに孝太郎と静香は一緒《いっしょ》に身体を動かし始めた。並んで別々にやるより、一緒にやった方が早いし効果も高いのだ。

「いたたたたたー」

「痛いって言う割に、大家さん身体柔《やわ》らかいですね」

「そりゃあ空手をやってればね。野球の人もそうなんじゃない？」

最初こそ痛がっていた静香だが、すぐに身体をぺたりと折り畳《たた》んでしまった。やはり格《かく》闘技《とうぎ》の場合は関節の可動範囲《はんい》がものを言うようなところがあるので、全身のかなりの部分が柔らかく動く静香だった。

「野球の場合は、守備位置による感じです。俺はピッチャーだったから肩《かた》や股《こ》関節《かんせつ》は大きく動きますけど、野手は身体が固い奴《やつ》も多かったです。筋肉が多いとどうしても動かなくなるんですよね」

「ああそうか、場外ホームラン打つような人は動きにくい関節とかでちゃうもんね」

静香は両足を開き、そのままぺたりと上半身を床《ゆか》につけてしまう。これが出来るのは関節の柔らかさだけでなく、必要な筋肉だけが付いているからだ。ウェイトリフティングの選手が顕著《けんちょ》な例だが、筋肉を付けてあえて関節の可動範囲を狭《せば》めるという事も、スポーツの種目によっては必要になる。静香の場合はその逆で、足が高く上がるように、腕を振り回しやすいように、筋肉の付け過ぎには注意していた。また孝太郎には内緒《ないしょ》だが、体重を増やしたくないという事情もあった。

「大家さん、ここまで出来るなら、俺が背中押す必要なんかないじゃないですか」

静香の身体の柔らかさは孝太郎が思わず呆《あき》れる程だった。孝太郎が殆ど力を入れなくても、身体を前に倒《たお》した状態が維持《いじ》されていたのだ。だが静香は笑って首を横に振った。

「止めちゃ駄目《だめ》よ、里見君。大っぴらに里見君が触《さわ》ってくれるチャンスだから、逃《のが》したくないの」

そして孝太郎だけに聞こえるように、小声でそっと囁く。

「大家さん、そういう返答に困る事を……」

孝太郎も小声になる。言葉通り、孝太郎は困っていた。

「こういう時以外にも触ってくれるなら、止めても良いけど?」

「それは冗談じゃ済まなくなります」

「じゃあ文句言わずに続けて。お願い、里見君。時々さ、感じたくなるのよ。大好きな人の体温。早苗ちゃんとおんなじ。きっと、他のみんなもね」

「……」

早苗と同じだと言われてしまえば、孝太郎には返す言葉が無かった。早苗に日常的にやらせている事を、他の人間には出来ないというのはおかしな話だ。早苗が孝太郎の背中に乗りたがるように、静香は孝太郎の手を背中で感じていたいのだった。

「……まったく、あいつはもうちょっと器用に立ち回れれば、人生ずっと楽しくなるんだろうにな……」

賢治は少し離れた場所から、そんな孝太郎と静香の様子を見守っていた。孝太郎と静香の声は聞こえていないが、経験豊富な賢治なので、二人の表情や仕草を見ているだけでどんなやり取りをしているのかがおぼろげながらに想像がついていた。

「それを楽しいと思わないのが孝太郎なのですよ、メガネ君」

呆れ気味に苦笑《くしょう》する賢治に対し、早苗が自慢げに笑いかける。あんたも分かってるでしように――この時の早苗の笑顔は、そう言っているかのようだった。

「でも、東本願《ひがしほんがん》さん達《たち》はそれで困っている訳でしょう?」

「えっ、困ってないよ?」

「しかし――――」

「もうあたし達の答えは出てる。孝太郎がどうあれ、私達は孝太郎じゃなきゃイヤなの。だから困ってるのは孝太郎だけ。あたし達の為《ため》にね、ずっと正しい答えを探してる。そんなのないかもしれないのにね?」

「あいつならそうするでしょう。頑固《がんこ》な奴です。他の誰かの為なら特に」

「あは、それが心配なんだね、メガネ君」

「まったく、何をやってるんだかな、あいつは………英雄の役回りでさえ、持て余してるっていうのに………」

口調や表情こそ呆れ気味の賢治だが、孝太郎に向ける視線はとても優しい。霊力が見える早苗だから、賢治がどんな気持ちなのかが手に取るように分かっていた。

――ふぅん、幼馴染《おさななじ》みってこういう事なんだなー………。

早苗はこの時、賢治が孝太郎の友達である事に感謝していた。今の孝太郎の人格の形成には、賢治の影響《えいきょう》が少なからずあった筈だから。だからちょっとだけ、賢治と琴理《ことり》の関係の修復を後押《あとお》ししてやろうと思う早苗なのだった。

視察と接触　十月二十一日(金)

孝太郎《こうたろう》の仕事はＤＫＩに関連したものだけではない。新しい『青騎士』の視察も、孝太郎の仕事のうちの一つだった。孝太郎達はそれをフォルトーゼへやってくる理由として使った訳なのだが、実際の所、言い訳ではなく本当に視察が必要だった。孝太郎は二千年前から変わる事無くフォルトーゼ皇国軍の総司令の地位にある。その総司令が、皇国軍の旗《き》艦《かん》となる新しい宇宙戦艦の建造計画にノータッチというのは、軍全体の管理責任や作戦立案に絡《から》んで大きな問題となる。孝太郎はフォルトーゼ皇国軍の総司令として、そこできちんと説明を受ける義務があるのだった。

「………わらわもそっちに行きたい」

ティアは仏頂面《ぶっちょうづら》だった。今回の孝太郎の視察にはティアは同行しない事になっていたので、彼女はそれが気に入らないのだった。

「今回は諦《あきら》めろ。お前も自分の新しい戦艦を見に行かなきゃならないんだろ」

新しい『青騎士』は孝太郎の為の艦《かん》として作られるので、このままではティアの専用艦が無いままになってしまう。そこで新たなティア専用の皇族級宇宙戦艦として『サグラテイン』が建造される事になっている。ティアはそっちの視察に向かう事になっていた。

「そうじゃが、ほぼわらわとルースで仕様を決めた艦じゃから、見に行っても仕様の通りになっておるだけでつまらんのじゃ」

だがティアは『サグラティン』の事は既《すで》によく知っている。彼女とルースでどういう艦にするかを決めたのだから当たり前だった。だからどちらかと言えば新しい『青騎士』がどうなっているのかを見たいティアだった。

「つまらんとか言うなよ。造船所の人達が聞いたら泣くぞ」

「つまらんのは知っている事を確認《かくにん》しに行く事じゃ。彼らの仕事ぶりの事ではない」

「ぶーぶー言ってないで、黙《だま》って行ってこい。お前の仕事だろう」

「仕方ないのう………」

とはいえティアもちゃんと分かっている。皇女としてやるべき事はやらねばならない。我《わ》がまま放題の言動ではあっても、その辺りはきちんと皇女殿下のティアだった。

「ではおやかたさま、行って参ります」

「行ってらっしゃい、ルースさん」

「わらわにも言う事があろう」

「お気を付けて、皇女殿下」

ティアの微妙な心情が分かっているから、さりげなく敬意を込《こ》め皇女殿下と呼び掛《か》ける孝太郎だった。だがティアの方はそれだけではちょっと物足りなかった。

「そなたが愛してやまないティアちゃんにも一言申せ」

「後で遊んでやるから、黙って働け」

「約束じゃぞ！」

ティアはそう言い残すと背を向けてずんずん歩いて行ってしまう。分かってはいても不満は不満なのだ。ルースはそんな主君の背中を見て小さく笑うと、孝太郎達にしっかりと頭を下げてから後を追った。

「ふっふっふ、ここはやっぱりティアの宇宙戦艦から見るべきだと思うのですよ」

『流石は未来のあたし、分かってるわね。孝太郎のやつはピンチの時に颯爽《さっそう》と出撃《しゅつげき》してきて欲《ほ》しいもんね』

「私は孝太郎さんの宇宙戦艦が見たかったなぁ……」

「あはは、『早苗《さなえ》さん』はぁ、どちらかというと艦長《かんちょう》さんの方が好みですもんねぇ」

「そっ、そんなことはっ！」

『あるホー！　「早苗さん」は美しい男子が好きだホー！』

『自宅のお部屋には「超時空要塞《ちょうじくうようさい》ヤマトナデシコ」のポスターと大きいブラザーの写真が貼《は》ってあるホー！』

「ちょ、ちょっと埴輪《はにわ》ちゃん！」

「恥《は》ずかしがる必要はない。我の部屋にも孝太郎の写真は貼ってある」

「そうなんですかっ⁉」

「見目麗《うるわ》しい殿方《とのがた》のポスターは貼っていないがな」

「もうっ、キリハさぁん！」

ちなみにこの時にティアに続いたのはルースだけではない。ゆりかと早苗ちゃんズ、キリハと埴輪達《たち》が後に続いていた。視察とはいえ、一応何があっても良いように相性《あいしょう》の良いメンバーが配置されていた。

「まったく、子供みたいなヤツ――――いや、分かってはいるのか」

ティアの言動に呆れかけた孝太郎だったが、途中《とちゅう》でそうではなかったと思い直した。そして微妙な視線と表情で彼女《かのじょ》達一行を見送った。

「あれは私達への甘《あま》えでしょう。ティアミリスさんがああいう風に出来るのは、きっと私達の前でだけです」

そんな孝太郎に苦笑気味の笑顔を向けたのは晴海《はるみ》だった。彼女にはティアの気持ちが分かっていた。母親しか家族を知らないティアだから、孝太郎や晴海達へ向ける感情には少し特別なものが混じっている。そこが分かる晴海だから、ティアへ向ける視線にはまるで妹へ向けるかのような、あたたかい感情が混じっていた。

「……気持ちは分からないではありませんわね」

「正直に言うと、私にもときどき必要以上に感情が出てしまう事がありますす」

「ふふ、みんな少なからずそうなんじゃない？」

この場所には晴海だけでなく、クランと真希《まき》、静香《しずか》の姿もある。この四人と友達枠《わく》の賢《けん》治《じ》、琴理《ことり》、ナルファの三人が、孝太郎に同行するメンバーだった。

「……………」

「なんだマッケンジー、何か言いたげだな」

「コウ、お前がエルファリアさんを嫌《きら》いになれない理由が分かって来たぞ」

「急に何だよ」

「ティアミリスさんのお母さんだからってだけじゃなくて、実は――――」

ゴンッ

賢治は最後まで言わせて貰えなかった。その前に孝太郎の鉄拳《てっけん》が賢治の頭頂部に炸裂《さくれつ》したのだ。

「余計な事は言わなくてよろしい」

「否定はしないんだな？」

頭を撫《な》でながら、しかし賢治は孝太郎に笑いかける。

「俺もそのくらいには大人になったよ」

「ふぅん、良い傾向《けいこう》だ。その調子で続けてくれ」

賢治は満足げに笑う。孝太郎の人間関係が円滑《えんかつ》である事は、昔の孝太郎を知る賢治にとっては嬉しい事だった。

「かっこいい……兄さんが昔みたいにかっこいい……」

「単にずっとそうだったんじゃありませんか？　分かり難《にく》かっただけで……」

「ああ、うん。そうかも……」

そしてついでに賢治と琴理の兄妹《きょうだい》関係も円滑である事も、やはり賢治にとっては嬉しい事なのだった。

「というかだな、コウ、そろそろ俺達《おれ》も行った方が良いんじゃないか？」

「ああ、俺達も出発しよう。あまり待たせたらまずいし」

現地スタッフや護衛の部隊も配置されているので、時間通りに到着《とうちゃく》した方が良い。孝太郎は仲間達に声をかけると先導して歩き始めた。仲間達も素直《すなお》にそれに続く。孝太郎達《たち》はクランの宇宙戦艦『朧月《ろうげつ》』に乗って視察に向かう予定となっていた。

孝太郎達の護衛は、ネフィルフォラン連隊が務めている。適性を踏《ふ》まえて連隊長のネフィルフォランが率いる部隊がティア達の護衛を務め、副長のナナが率いる部隊が孝太郎達の護衛を務める形になっていた。

「つまり……射撃《しゃげき》馬鹿のティアの所に接近戦が得意なネフィルフォランさんを送り、頭の悪い俺のところに賢《かしこ》いナナさんが送られてきたと」

「同意し辛《づら》いので、その表現は何とかなりませんか?」

「正解ではあるんですね?」

「なんでそうやって時々意地悪なんですか、里見《さとみ》さんは!」

ナナはやってくるなり孝太郎ともめていた。そんなナナと孝太郎の様子を見ていて、真希は気付いた。

――よくよく見ないと分からない程《ほど》のナチュラル系メイク……だけど、やたら手の込んだメイクをしているのね。意外と決戦仕様なのかしら？

ナナは化粧《けしょう》していないと思えるほどに自然に見えるレベルの化粧を施《ほどこ》していた。細かく見ると眉毛《まゆげ》やまつ毛は綺麗《きれい》に整えられているし、肌《はだ》には元の色に合わせてよく選ばれたファンデーションが使われている。リップの色も強い主張のない大人しいものだ。だが全体として非常にバランスが取れており、彼女《かのじょ》本来のあどけない少女らしさを存分に発揮させていて、また僅かにも足を引っ張るような事がない。そのナチュラルさゆえに仕事の邪魔《じゃま》になる事もないだろう。軍に身を置く今のナナがするなら、これ以外に無い完璧《かんぺき》なメイクだ――真希にそう思わせるレベルの仕上がりだった。

「今日のナナさんはやたらと可愛《かわい》い気がするので、ちょっと怒らせてみようかと」

「そんな方法で普段《ふだん》通りのバランスにしようとする人がありますか！」

このやり取りを聞いた時点で真希は微笑んだ。

――そう、それが正解よ里見君。ナナさんは貴方《あなた》からただ一言、その言葉が聞きたかったんだから……。

ナナの化粧が何の為なのか、それが真希にはよく分かる。真希自身も同じ想《おも》いで日夜研《けん》鑽《さん》に励《はげ》んでいるのだから。

「冗談《じょうだん》です」

「そんなの分かってるもん！　まったくぅ、貴方だけなんだからねっ！　私を子供扱《あつか》いするのっ！」

「………それはナナさんが気付いてないだけでは………」

「何か？」

「いえ、何でもありません」

「まったくもぉ………」

ナナはこの時不満そうな顔をしていたが、実際はその逆で、笑顔《えがお》になってしまわないように必死になっていた。つまり、真希の想像は正しかったのだ。

「………ともかく、本日の警備はこの体制で行われますっ」

「ナナさん、そろそろ機嫌《きげん》を直して下さい」

「どの口で言うの、どの口で！」

真希は微笑《ほほえ》ましく、かつ羨《うらや》ましいと思いながら見ていた訳なのだが、それとは少し違う反応を示していたのがクランだった。

「いい気味ですわ。もっと言ってやって下さいまし」

孝太郎にからかわれる事が多いクランなので、この時の彼女はナナに同情的だった。だがそろそろ本当に仕事に戻《もど》らねばならない。そんな訳でクランはコンピューターを操作して、全員に見えるようにこの日のスケジュールを表示させた。

「それで今日のスケジュールの事ですけれど、先方からの要望で、転送ゲートを使って造船所へ直接降りるのではなく、『揺《ゆ》り籠《かご》』で近くの宇宙港へ降りますわ。先方は宇宙港で歓迎《かんげい》式典を行いたいと仰《おっしゃ》っていますの」

「たかだか宇宙戦艦の視察でそこまで必要なものかね？」

歓迎式典と聞いて、孝太郎は少し不思議そうに首を傾げる。宇宙戦艦の視察を歓迎して式典をするというのは、いささかやり過ぎに思えたのだ。

「ベルトリオン、国民に元気を与《あた》えたいのはどこの星でも同じですわ。特にこういう、製造業で成り立っている星では」

多くの人が行き交《か》う星とは違って、産業の専門化が進んだ星では文化的な面での発展は遅《おく》れがちだ。そうなると経済が上向くきっかけが乏《とぼ》しくなってしまう。経済の復興は人の気持ちが上向くところから始まるので、地方星系は手探《てさぐ》りで出口を探している状況《じょうきょう》にあった。そんな地方星系の首長にとっては、孝太郎の来訪はその為だけに終わらせてしまうのは勿体ないという話になってくるのだった。

「………それはそうかもしれないな。よし、出来る限り協力しよう」

そういう事情なら孝太郎も協力するのはやぶさかではない。元々新しい『青騎士《あおきし》』を経済を上向かせる起爆剤《きばくざい》に使おうとしていたのだから、本来の目的に沿う事になる。孝太郎は出来る限りの協力をしていくつもりになっていた。

「式典の後は先方が用意して下さった車両に乗って移動――――造船所へ向かう事になりますわ」

「その時はウチの護衛チームが先導と警護にあたるわ」

「そういう訳ですので、もう少ししたら連絡致《れんらくいた》しますから、みんな『揺り籠』へ移動して下さいまし」

「了解《りょうかい》だ」

孝太郎はこの時、船外の様子を映している三次元モニターを眺めていた。そこにはネフィルフォランの宇宙戦艦である『葉隠《はがくれ》』が、孝太郎達が乗っている『朧月《ろうげつ》』と並んで航行している様子が映し出されていたのだが、その両者の距離《きょり》が少しずつ離れ始めていた。これは双方《そうほう》の目的地が違う為だ。向かう星はどちらもバンディエット星系、惑星ワラグソーンなのだが、降りる都市が違うのだ。その都市の上空がそれぞれの目的地だった。

造船所へ向かう車両――タイヤは付いていない浮遊《ふゆう》タイプだが――の中で、ナルファと琴理はカメラを弄《いじ》って撮影《さつえい》済みの映像を確認していた。それはついさっきまで行われていた歓迎式典のものだった。

「……コウ兄さんは本当にアイドル並みの歓迎なのねぇ……」

琴理は溜《た》め息《いき》をつく。フォルトーゼに来た時も感じた事なのだが、フォルトーゼ人の歓迎ぶりは凄《すさ》まじいものだった。フォルトーゼの国旗や電子的な垂れ幕などが数多く翻《ひるがえ》り、まるで初来国した世界的なスターを出迎《でむか》えるかのような空気感だった。また今も沿道には国民がつめかけ、孝太郎達の車列に向かって旗を振《ふ》っている。そうした事によって琴理は孝太郎がフォルトーゼでどんな価値を持つ人間なのかを再認識《さいにんしき》した格好だった。

「コウ、何でもかんでもお祭りにするもんじゃないぞ」

賢治はニヤニヤと笑いながら肘《ひじ》で孝太郎の脇腹《わきばら》を突《つ》く。賢治は孝太郎がこの状態に困っているのを知っているのだ。

「俺のせいじゃない！」

孝太郎は特に何かをしたつもりはなかった。ただ目の前の問題を何とかしようと右往左往しているうちに、いつの間にかこうなってしまったのだ。

「貴方のせいですわ。貴方が安易に二度もフォルトーゼを救うから、こうなってしまったんですもの」

普段《ふだん》孝太郎に弄られる事が多いクランなので、ここぞとばかりに賢治の尻馬《しりうま》に乗っていた。また孝太郎が英雄的行為《えいゆうてきこうい》を行った事は、クランが誰《だれ》よりもよく知っていた。

「一度目はお前が青騎士《あおきし》を殺したとか言うからだろう！」

だが孝太郎はクランの主張には異議があった。過去の世界では、当初クランの勘違《かんちが》いに誘導《ゆうどう》されて行動してしまった事で、ああいう結果になったという面が少なからずあったのだ。それを全て孝太郎の手柄《てがら》とされる事には違和感《いわかん》があった。

「では二度目は？」

だが孝太郎の反論にもクランは余裕《よゆう》たっぷりだった。逆に孝太郎はクランの一言で勢いを失っていた。

「二度目はその………流れというか、一度目の後始末というか………アライア陛下と昔の仲間を裏切れなかったというか………」

「……諦めた方が、宜《よろ》しいのではなくて？」

むしろ決定的だったのは二度目、現代での出来事の方だった。そちらに関しては台本もなく、完璧に孝太郎自身の決断と行動だったので、言い逃れは出来ない。明らかに孝太郎のせいだった。

「それではここで、現地民のナルファさんにご意見を頂きましょう」

困っている孝太郎に気を良くした静香がナルファに意見を求める。すると急に全員の視線が自分に向いた事で、ナルファは顔を赤らめた。

「そ、そりゃあ、コータロー様――――えと、伝説の英雄である青騎士が急に帰ってきて、クーデターを終結に導いたのなら、こうなっちゃうと、思うんですけど………」

ナルファは髪《かみ》を弄りながら、考え考えにそう答えた。彼女としては最初から孝太郎は英雄で、今も英雄のままだ。彼女はむしろそこに困っている訳なので、国民の気持ちは誰よりも良く分かっていた。

「あと………解決後に黙って帰ってしまわれたので、その、流石《さすが》だなぁって、みんな、思っちゃってるんじゃないかと………」

「だってさ、里見君」

「大家さん、あのままフォルトーゼに残っていたら、滅茶苦茶《めちゃくちゃ》になってましたよ。今だって危《あや》ういのに………」

フォルトーゼに必要以上の影響を与えないという、孝太郎の基本的なスタンスは今も変わらない。クーデターが解決した直後の国民の高揚感《こうようかん》は凄まじいものがあり、あのまま残れば多くの問題を引き起こしかねなかった。社会的にも、政治的にも。だから帰ったのであり、孝太郎には他に選択肢《せんたくし》があった訳ではないのだった。

「つまりフォルトーゼに影響を与えない為にさっさと帰ったら、お前の地位が確固たるものとなってしまったと」

「ウッ………」

「コウ、これは結局、諦めるしかなくないか？　アリ地獄《じごく》に嵌《はま》った感じだぞ」

「………仕方ないか………」

この問題に関しては、遂《つい》に折れた孝太郎だった。既に起こってしまった事は変えられないし、今から評判を下げる方法も思い付かない。悪事を働けば簡単だろうが、それでは昔の仲間やアライアを裏切る事になるので、それだけは出来なかった。

「あっ、見えてきましたよ！」

そんな時、真希が窓の向こう側に巨大《きょだい》な建造物を発見した。それは宇宙船の建造の為の造船所。全長一キロを超《こ》える大きさの宇宙船を作ろうという造船所なので、大きさはそれを遥《はる》かに上回っている。事情をよく知らない真希でも、遠くからでも一目でそれと分かる巨大な建造物だった。

『新しい『青騎士《あおきし》』ってあんなにでっかいのか………」

孝太郎の口からも感嘆《かんたん》の声が漏《も》れる。するとクランは軽く目を細めて微笑んだ。

「あれはまだ一部ですわ」

「あれで一部なのか!?」

「あそこで作っているのは胴体《どうたい》部分だけですの。完成後に軌道《きどう》上でドッキングさせる予定ですのよ」

新しい『青騎士』は騎士道級の一番艦であり、皇族級宇宙戦艦よりも大きい。世論は青騎士の乗艦《じょうかん》は最強じゃないと嫌《いや》だという意見が大勢を占《し》めた為、より大きな騎士道級が新設されたのだ。そこで問題になったのがそんなサイズの宇宙戦艦をどこで作るのかという事だった。その問題を解決したのが、設計を担当した技術者達だった。新しい『青騎士』もかつてのものと同じく人型をしているので、大きさに見合ったジェネレーターが積み辛く、比較的《ひかくてき》小さめのジェネレーターが幾《いく》つか身体の各部に分散して配置されている。それを逆手に取り、そうした部位ごとに建造される事になったのだ。そして身体の各部は低速ながら自力で航行が可能な宇宙船として作る。元々人型で戦闘《せんとう》用という事情から、各部が独立気味の設計ではあったので、この変更《へんこう》はそう難しいものではなかった。そういう経緯《けいい》から、身体のパーツが別々に建造された後、軌道上で集結して合体させるという建造プランに落ち着いたのだった。

「早苗やゆりかが聞いたら喜ぶだろうなあ……」

変形や合体にはひとかたならぬ思い入れがある早苗とゆりか。孝太郎には彼女達が新しい『青騎士《あおきし》』が合体すると知った時に大喜びする様子が目に浮《う》かぶようだった。

「里見君、ここは黙っておいてあげましょう」

晴海はそう言って微笑む。喜ぶと分かっているなら、彼女達が直接見る時まで黙っておいてあげればいい。この晴海の提案には孝太郎も賛成だった。

孝太郎達の視察は、何日かに分けて行われる。身体の部位が幾つかに分かれているというのがその一番大きな理由なのだが、建造作業を長時間止める訳にはいかないという事も理由の一つだった。そんな訳で造船所の終業後に、身体のパーツを一つ視察するという事になっていた。

「ちなみに今は何処《どこ》にいるんだ?」

『頭を作っているドック――――というか、既に頭の中ですわね』

孝太郎達は既に最初の視察の最中だった。この日は新しい『青騎士』の頭を視察する事になっており、その中にある通路を歩いていた。ただし上下は逆さまだ。この段階でも人工重力は機能しており、孝太郎達は天井《てんじよう》――――完成時には床――――を歩いていた。

「頭がブリッジですし、今日はそこで大まかに全体の解説を聞きますの。そして明日以降は、右腕《みぎうで》、左腕《ひだりうで》、右脚《みぎあし》、左脚《ひだりあし》、そして最後が胴体という順で視察しましてよ」

頭は戦艦《せんかん》で言うブリッジにあたる部位だ。この部位には新しい『青騎士』だからこその装備は殆どないので、作業の進行が一番早い。また他の部位への司令塔《しれいとう》を務める訳なので、各種テストの為にも最初に完成させるべきという事情もあった。そんな訳でブリッジ部分はほぼ完成しつつあり、今日はそこで大まかな説明を受ける事になっていた。

「脚は……一回で良いんじゃないか？　左右対称《たいしよう》なんだろう？」

両腕に関しては、右腕に剣《けん》を持たせる兼《か》ね合いで構造に差があるのだが、両脚《りようあし》に関しては違《ちが》いは殆ど無い。それを二度に分けて見る意味は無いように思われた。

「では、それを貴方の口から従業員達にお伝えなさいな」

「……やっぱり脚も両方見に行く」

ティアに自分の艦を見に行けと言った手前、こういう風に言われると弱かった。孝太郎は素直に二度の視察を了承《りようしよう》した。

「結構」

クランは笑顔で大きく頷く。孝太郎が抵抗《ていこう》しなかったので、クランもそれ以上は何も言わなかった。そして彼女は一同を先導して進んでいく。構造の大まかな設計はクランが担当しているので、彼女が道に迷うような事はなかった。

「――――ここがブリッジですわ」

やがて一同は一際《ひときわ》大きい部屋に辿《たど》り着く。そこは頭の真ん中のあたりにある部屋で、クランが言うようにブリッジにあたる場所だった。

「サイズ感は前のと大して変わらないんだな？」

「ええ。利用する側の人員は変わりませんもの」

「なるほど、そりゃそうだな」

クランの明快な説明に孝太郎は大きく頷いた。前の『青騎士《あおきし》』と同じメンバーで使うのだから、同じような規模になるのは当たり前だ。そして大きくなった分は人工知能の機能と権限を強化して対応する事になっていた。

「ただ、大規模戦に備えてこの下に増員メンバー用のサブブリッジがありますし、身体の各部にもサブブリッジがありますのよ」

「そういやバラバラのままでも動けるんだったよな」

メインブリッジはこれまで通りに使えるが、大規模な戦闘では旗艦となる関係で念《ねん》の為に大人数の人員を収容できるサブブリッジが用意されている。加えて身体の各部にも同じ用途《ようと》のサブブリッジがあり、同時にそれらは分離《ぶんり》状態の時のメインブリッジとしても機能する。これにより新しい『青騎士』は小規模ながら軍事基地並みの役割を果たす事が出来るようになっていた。地球の軌道上において宇宙ステーションの代わりに使う事も合わせて考えると、これはとても重要で必須《ひっす》の強化と言えるだろう。

「って事は、この頭はやられると厄介《やっかい》なんじゃないスか？」

同行していた賢治が口を挟《はさ》む。大型化と多用途《たようと》化で、頭に求められる役割が非常に大きくなっている。敵に頭部を集中的に狙《ねら》われると危険であるように思われた。

「そうですわ。身体の各部にサブブリッジがあると言っても、この頭の機能を代行する程のものではありませんの。手や足に頭脳の役割をさせるのは、流石に無理という事になりますわね。だからこの頭部というか、ブリッジの防御《ぼうぎょ》性能は過去最高の水準となっていましてよ」

賢治の推測は正しい。正しいからこそ最高の技術で守られている。そして最高の技術で守らねばならない理由がもう一つあった。

「………もっとも、里見君がやられてしまうと士気の低下や混乱が尋常《じんじょう》ではないでしょうから、指揮機能がどうこうという事にはならない気がします」

この時の晴海の指摘《してき》がまさにもう一つの理由だった。孝太郎の乗艦という事は、敵が最優先で狙って来るという事でもある。そして孝太郎が倒された時の影響は計り知れない程大きいので、最高の防御性能が必要だったのだ。そういう内容の話であったので、晴海の言葉には暗い雰囲気《ふんいき》が付きまとっていた。

「ベルトリオンがここにいる事で皇国軍の士気は爆発的《ばくはつてき》に高まる訳ですけれど、確かに最大の弱点とも言えますわね。でもそれだけに馬鹿みたいに守っておりましてよ。ご安心なさって、ハルミ」

「はい。そこはちゃんと信じています」

アライアがシグナルティンを孝太郎に与えたように、クランもまた絶対的な守りを与えているだろう――――晴海もそこだけは鋼鉄のように固く信じていた。ただそれでも敵は来る、晴海はそう考えねばならない事が不安であるだけなのだった。

「大丈夫《だいじょうぶ》ですよ、桜庭先輩《さくらばせんぱい》」

「里見君………」

「要するに攻撃《こうげき》される前に何とかすれば良いんですよね？」

「まあ、そういう事になりますけれど」

外交的努力、政治的決断、その他諸々《もろもろ》。戦闘に至る前に打てる手は幾らでもあった。そうすれば晴海が心配するような事は起こらない筈《はず》だ。元々孝太郎も大きな戦争は好きではないので、その努力を惜《お》しむつもりはなかった。孝太郎が好きな戦いは、競技性のある格《かく》闘技《とうぎ》までだった。

「コウ兄さん、そんなに簡単な話じゃないのでは……」

晴海はそれで納得《なっとく》したのだが、孝太郎達のこれまでをよく知らない琴理は不安そうにしていた。孝太郎が大丈夫だと言っていても、理解できていない戦争というものに対する漠《ばく》然《ぜん》とした不安が、彼女の頭の中に渦巻《うずま》いていたのだ。

「じゃあキンちゃん、一つ実例を見せよう」

そんな琴理に笑いかけると、孝太郎は彼女にくるりと背を向けた。そして誰も居ない筈の場所へ向かって呼び掛ける。

「そこに隠《かく》れている人、扱いに困るから出て来てくれ」

それは何の変哲《へんてつ》もないオペレーター席だった。既に作業員の姿はなく、この場所は事前に皇国軍が無人である事を確認している。にもかかわらず、その陰《かげ》から黒い服を身に纏《まと》った小柄《こがら》な人物が姿を現した。その瞬間《しゅんかん》、護衛に当たっているネフィルフォラン隊の隊員が手にしているライフルの銃口《じゅうこう》がその人物に向けられた。

「……」

銃口を向けられても、黒い服の人物は落ち着いていた。その顔は頭から被《かぶ》ったフードのせいで見えなかったが、その動きからは動揺《どうよう》は感じられない。その人物は無言のまま全身が見える位置まで移動すると、ゆっくりとフードに手をかけた。その動きが少しでも速ければ、銃《じゅう》を撃《う》ってしまった者も居ただろう。だが幸いな事にフードが下ろされるまで、銃を撃つ者は現れなかった。

「それ以上動くな!!」

ナナは自身も拳銃《けんじゅう》を抜《ぬ》き身構える。いきなり現れた不審《ふしん》人物にこれ以上の行動を許すつもりはなかった。

「この人は!?」

真希もナナと同様に、杖《つえ》を構えて戦闘態勢に入る。ナナも真希も表情は険しい。二人共その人物に見覚えがあり、油断すれば倒《たお》されるのはこちらだと分かっていたのだ。黒い服の人物の正体は、かつてラルグウィンの副官として孝太郎達に立ち塞《ふさ》がった、ファスタという名の狙撃手《そげきしゅ》だった。

「落ち着いて、ナナさん。それに藍華《あいか》さんも」

警戒《けいかい》する二人とは違って、孝太郎は落ち着いていた。孝太郎には彼女に戦う気が無い事が分かっていたのだ。だから孝太郎は無造作に彼女に近付いていった。

「この人には殺気はないし、敵意にもムラがある。それに戦うつもりならここまで寄ってこないタイプです」

孝太郎が霊力《れいりょく》を読んでも、ファスタからは殺気が伝わってこなかった。敵意もあるようなないようなという曖昧《あいまい》な状態で、警戒はしているようだが戦うつもりがあるとは思えない。それに彼女は狙撃手なので、戦うならこの場所ではなく、むしろ車両に乗っている時や乗降の時の方が狙い易《やす》いだろう。そうした事から、孝太郎は彼女には戦うつもりが無い事を確信していた。だがそんな孝太郎にも一つだけ分からない事があった。それは彼女があえてその気配を隠していない事だった。ファスタが以前狙撃してきた時、彼女は霊子力《れいし》技術を使って気配を隠し、見事に逃《に》げおおせた。彼女は何故《なぜ》それをしないでいるのか、そこを測りかねた孝太郎は、彼女に呼び掛けて出て来て貰《もら》ったという訳だった。

「さて、御用件《ごようけん》を聞きましょう」

孝太郎に分かっている事は、彼女には何か用事があるのだろう、という事までだった。それでも孝太郎は、彼女の話を聞いてみたくなっていた。それは孝太郎にそう思わせるくらい、彼女の目が真剣《しんけん》だったからだった。

「……どうやら私は賭《か》けに勝ったようだな……」

孝太郎が話を聞く姿勢を見せた事で、ファスタの気配が変わる。これまでムラがあった

敵意の大半が消え、友好的とは言わないまでも対話の意思が明確になった。

――そうか、そういう事だったのか……！

そこで孝太郎は気付いた。彼女はあえて孝太郎に気付かせたのだ。この場所、このタイミングでなければ、孝太郎と接触《せっしょく》するのが困難であったから。そして彼女も成功するかどうかが不安だったから、敵意が曖昧になっていたのだ。

「単刀直入に言う。青騎士《あおきし》、ラルグウィン様を助けて欲しい」

「なんだってぇ⁉」

ファスタの言葉に孝太郎は驚愕《きょうがく》する。彼女の対話の意思は予想出来た孝太郎だったが、この提案だけは完全に予想外だった。

ファスタから詳《くわ》しい話を聞くにあたり、まず必要だったのが彼女に手錠《てじょう》をかける事だった。孝太郎《こうたろう》は必要ないと思っていたのだが、法的には必要な事であり、また同時に多くの人間の目があるのでとりあえずは危険人物を拘束《こうそく》したという形を取った。理想と現実の隙《すき》間《ま》を埋める為《ため》のやむを得ない措置《そち》だった。

「悪いなファスタさん。しばらく我慢《がまん》してくれ」

「状況は理解している」

そんな訳で孝太郎が『朧月《ろうげつ》』の会議室で改めてファスタと向かい合った時、その手首には強固な手錠が付けられていた。フォルトーゼ製の手錠なので、内蔵された人工知能がファスタを見張っていて、敵対的な態度を取れば電流を流して無力化する仕組みが搭載《とうさい》されている。だからそれ以上の拘束は必要なかった。

「話が済むまでは――――いや、話が済んだとしても、拘束されたままである可能性は想定していた」

「それでもなお来たという事かい？」

「私の信念の問題なのだ」

「………分かる気がするよ」

ファスタは危険を承知でやって来た。状況は元より、その瞳《ひとみ》に宿る強い意志が雄弁《ゆうべん》にそれを語っている。これから話す内容は、彼女にとって余程《よほど》の事であるようだった。

『では早速《さっそく》聞こう。わらわもそなたが何を話すのかに興味がある』

会議室にはティアの姿もあった。だが彼女は実際にはこの場所には居ない。安全な直通回線を介《かい》し、立体映像とカメラを使って参加していた。ちなみにその為の装置は、彼女の立体映像の頭の中心に浮遊している。これはティアだけでなく、彼女と同行した全員が同じ状態でこの場に集っていた。そんな状態であったという事もあり、ティアはまだファスタに対する疑いを解いていなかった。やはり直接対面していない分だけ、若干《じやつかん》感情的なものが伝わりにくくなっていたのだ。

「先程《さきほど》も言った通り、私と一緒《いつしよ》にラルグウィン様を助け出して欲しい」

『まずそこが分からぬ。助けるとはどういう意味じゃ？　何故それが必要なのじゃ？』

ティアのみならず、それは孝太郎達全員の疑問だった。ラルグウィンは旧ヴァンダリオン派を率いるリーダーであり、何でも自分で決める事が出来る。孝太郎達と戦っている時ならともかく、今この時点で助ける必要があるとは思えない。またそれをファスタが必要と考える理由も謎《なぞ》だった。

「正確に言うと、ラルグウィン様を将来的な危険から救いたい。私はあの魔法使《まほうつか》いと灰色の騎士《きし》から、ラルグウィン様を引き離《はな》したいのだ。だがご本人はそれを望んでいない。だからそれをする為の助けが欲《ほ》しいのだ」

ファスタが危険だと思っているのはグレバナスと灰色の騎士だった。ラルグウィンは遠からず彼《かれ》らが裏切ると分かっているが、当面はその力を得る為に歩調を合わせている。だがグレバナスや灰色の騎士の力を知るにつれて、ファスタはラルグウィンは既《すで》に危険な領域に足を踏み入れていると考えるようになっていた。そしてそこからラルグウィンを救い出す為に、彼女はやってきたのだった。

『将来的、という事は厳密にはまだ危険ではないという事か？　魔法使い――――グレバナスと灰色の騎士には、まだ動きは見られなかった？』

ここまで黙《だま》ったままだったキリハの目がキラリと光る。

「私がヴァンダリオン派を抜ける前はそうだったが、今は分からない。既に危険な状態である可能性も考えられる」

「………ヴァンダリオン派を抜けた？」

ファスタは真希《まき》がとても気になる言葉を口にした。真希自身がそうだったので、ファスタが所属する組織を抜けたという言葉には口を挟まずにはいられなかった。

「ああ。少し前に、私はラルグウィン様にあの不気味な魔法使いや灰色の騎士と手を切るように進言した。そうしたらラルグウィン様はそれを拒否《きょひ》し、代わりに私に軍を離れるように言った。………私を逃がして下さったのだ」

ファスタは処罰《しょばつ》を覚悟《かくご》の上で、あえてラルグウィンに進言した。グレバナスや灰色の騎士と早々に手を切るようにと。だがラルグウィンは聞き入れなかった。代わりに彼が行った事はファスタを逃がす事だった。別の身分、別の仕事を作り、彼女を戦いから遠ざけようとした。彼はファスタが指摘した危険を承知していて、本当に心配してくれた仲間を逃がそうとしたのだ。

「ラルグウィン様が軍を抜けるよう仰った時、私は最初断ろうとした。だがよくよく考えた後に、結局軍を抜ける事にした。………組織の内側に居たままでは、ラルグウィン様を救えないと思ったのだ」

ファスタが命懸《いのちが》けの進言をしたのは、ラルグウィンを守る為だった。だが結局あの閉ざされた組織の中に居ては、ラルグウィンを守る、あるいは救い出すのは難しかった。ファスタはたった一人でラルグウィンを守れると思う程の夢想家ではなく、しかも救い出す場合には反乱と取られるような事をする訳なので、仲間を作る事も難しかった。だからファスタは一度ラルグウィンから離れるこの一手こそが、最終的に彼を救う事になると判断したのだった。

「………そして組織の外にいて、なおかつ状況を理解している者に協力を求めた、という事かい？」

「お前達《たち》以上にあの魔法使いと灰色の騎士の危険性を理解している者は居ない。また奴《やつ》らに対抗《たいこう》し得る力の持ち主もな」

現実として存在しているグレバナスと灰色の騎士だが、実際にその存在と危険性を他者に信じて貰うのは難しい。そもそも魔法を信じて貰う事さえ難しいのだ。そうなるとファスタが取り引き出来る人間は限られる。だからファスタは自身の安全を賭け金にして、孝太郎一派との接触に賭けたのだ。

「お前達にとっても利益がある筈だ。私が持っている情報を使って、ラルグウィン様を拘束出来るのだからな」

無論、取り引きなので孝太郎達にも利益がなければならない。それがなくば孝太郎達はこの取り引きに乗らない可能性が高い。彼女が提示した孝太郎達の利益は、ラルグウィンを拘束する事。それはヴァンダリオン派の指揮系統を破壊《はかい》する事を意味する。その結果生じるヴァンダリオン派の混乱は計り知れない。間違《まちが》いなく、孝太郎達にとって十分な利益と言えるだろう。

「とはいえ、いきなり信じるのは難しいわね」

ナナの視線は厳しい。話の筋は通っているように感じられる。だが彼女はまだファスタの言葉を完全には信じてはいなかった。

――――さっきキリハさんが現在はまだ危険ではないのかと訊《き》いた時、彼女は分からないと答えている。だから嘘《うそ》は言っていない可能性が高い。既に危険な状況だと言い切った方が、我々の感情を動かし易いのだから。でももしそうでなかったら……我々がそう考える前提で仕組まれた、非常に作り込《こ》まれた罠《わな》である可能性はゼロではない。何の証拠《しょうこ》も無しに、良い話だと飛びつく訳にはいかない……。

それは多くの戦いを潜《くぐ》り抜けて来たナナだからこその慎重《しんちょう》さと言える。しかもフォルトーゼと皇室、フォルサリアの未来、そして孝太郎と、今の彼女が守らねばならないものは非常に多く大きい為、安直な判断は出来なかった。

「ナナさん、落ち着いて」

「落ち着いています。しかし、何度となく貴方の命を狙った人物です」

ナナは孝太郎の言葉にも警戒を解こうとしなかった。今この瞬間にもファスタが攻撃を開始する可能性を捨てていないのだ。この場で最優先で守らねばならないのは、孝太郎とクランだ。その為になら、ナナは天使の顔を捨てる覚悟だった。

「信じられなくて当然だ。その対応で間違っていない。だが、ここで話が膠着《こうちゃく》するのも困るな」

ナナの冷徹《れいてつ》とも思われる対応を前にしても、ファスタは動揺していなかった。敵の組織の幹部を捕《と》らえたのだから対応としては当たり前で、予想された反応だった。だからファスタは何らかの方法で、身の証を立てる必要があった。

「ふむ……証拠になるかは分からないが、以前の戦いでお前達が輸送船にアクセスした時、セキュリティコードを受信した筈だが」

そこで彼女が思い出したのが、かつての戦いで孝太郎達《たち》に出した助け舟《ぶね》の事だった。地球を脱出《だっしゅつ》する際の軌道上での攻防《こうぼう》において、当時からグレバナス達のやり口に疑問を持っていたファスタは、孝太郎達が負けてしまわないようにセキュリティコードを渡《わた》した事があったのだ。

「あれは貴女《あなた》の仕業《しわざ》でしたの⁉」

「同じコードが手元にある。確認《かくにん》するか？」

「………要《い》りませんわ。わたくしは信じましてよ。少なくともあの時助けてくれた人間と同一人物であるという点に関しては」

あの時点で輸送船をハッキング出来なければ、孝太郎達は致命的《ちめいてき》な結末を迎《むか》えていた可能性が高い。だからラルグウィンやグレバナス、灰色の騎士なら、こんな回りくどい事をせずにあの時点で孝太郎達を倒している筈だった。わざわざそこから救い出す理由があるのは、ファスタのように特別な理由がある人間に限られる。そして彼女《かのじょ》はこうした状況に備えて、交渉《こうしょう》の為のカードとして保持していたのだ。だからクランはこの時点から、どうやらファスタは敵ではないらしいと考え始めていた。

「………どうやら貴方《あなた》は、本気でラルグウィンを裏切ろうとしているのね」

慎重だったナナも、ファスタの言葉を信じ始めていた。流石にここまで手の込んだ罠を用意できる筈もない。そして仮にそんな罠があるのだとしたら、相手の知性は孝太郎一派の及《およ》ぶレベルではない。ここでの結末がどうあれ、負けは確定的だった。

「裏切りではない」

ファスタの言葉が強くなる。これまでずっと冷静だった彼女が初めて見せる、感情的な姿だった。

「このままでは間違いなく、ラルグウィン様は恐《おそ》ろしい末路を辿る。それを避《さ》ける為にどうしても必要な措置なのだ」

「それだけの事をした男よ」

「……私は灰色の騎士と気色悪い魔法使いを信用していない。ラルグウィン様を利用して何かを企《たくら》んでいる。命の危機ではない。恐らくラルグウィン様の魂《たましい》の危機なのだ！」

このまま放置すれば、ラルグウィンは命を失う以上に恐ろしい目に遭《あ》う。ファスタはそれを確信していた。特にそれを強く感じたのが、灰色の騎士が奇妙《きみょう》な力でグレバナスを蘇《よみがえ》らせた事と、そのグレバナスが死せる竜《りゅう》を操《あやつ》った事だった。二人との協力関係が破綻《はたん》した時、その力がラルグウィンに振るわれたら果たしてどうなるか――ファスタはラルグウィンが魂の破滅《はめつ》を迎えると考えている。それは死よりも恐ろしい、狂気《きょうき》の悪夢だ。ファスタはラルグウィンをそこから救い出そうと必死だった。

「俺《おれ》には嘘は言っていないように見えるが。藍華《あいか》さん、グレバナスがラルグウィンを利用する可能性はあるのかい？」

孝太郎はファスタの言葉から真実を感じていた。だがグレバナスと灰色の騎士が、ラルグウィンを怪物《かいぶつ》に変えようとしているとは思えなかった。それだけではあまりに単純するように感じていたのだ。

「……今思い付くのは一つだけ。マクスファーンの蘇生《そせい》に利用する事です」

「そういえば奴らは墓を暴《あば》いてマクスファーンの所縁《しょえん》のものを集めていたな。しかもこの間は霊子力関連の施設《しせつ》に居た。どちらも蘇生狙《ねら》いと考えると辻褄《つじつま》が合う。ならば血族のラルグウィンを使ってより確実に蘇生させる、という事か」

グレバナスが何を望むといって、主君であり盟友でもあるマクスファーンの蘇生以上に望むものは無いだろう。事実、グレバナスはマクスファーンの遺品集めをしていたのだ。それが懐古趣味《かいこしゅみ》からではない事は明らかだろう。またその理由であれば、先日の戦いで霊子力技術の生産拠点《きょてん》に居た事も頷《うなず》ける。そして蘇生の材料としては、子孫ほど使い易いものはない。ＤＮＡと霊波《れいは》が似ているので、ラルグウィンをベースにする事が出来れば、蘇生の難易度はグッと下がる筈だった。それを聞いた瞬間、ファスタは驚愕に大きく目を見開いた。

「伝説の暴君の蘇生!! だがラルグウィン様はそれを知らない!! ……いや、あの方の事だから、薄々《うすうす》気付いていて、それでもなお退《ひ》き際《ぎわ》を見極《みきわ》め利用しようとしているのかもしれない。だが……」

「それが容易《たやす》い相手とは、思えませんわね」

ラルグウィンもグレバナスの狙いには気付いているのかもしれない。既に多くの状況《じょうきょう》証拠は揃《そろ》っているように見える。だがそれが分かっていても、ぎりぎりまでは利用したいのは確かだった。現時点においては、もしラルグウィンがグレバナスや灰色の騎士と手を切れば、孝太郎達との戦いはほぼ負けが確定、あるいはそれに近い状況に追い込まれてしまう。霊子力技術は自力生産の目途《めど》が立ったが、魔法はまだその域にはない。つまり魔法に対して無防備になってしまうという事なのだ。そして時が経《た》ち魔法を効率よく得る技術が確立し、ラルグウィンが最終的に手を切る決断をしたとしても、グレバナスと灰色の騎士が果たしてそれを許すかどうか。そうなるより前に、何か手を打たれてしまうのではないか――――ファスタとクランはそれを恐れていた。

「そちらの事情は大体分かった。だがファスタさん、俺達《おれたち》がラルグウィンを捕らえれば、軽くても終身刑《しゅうしんけい》、恐らくは……死刑になる。それも覚悟の上かい?」

ラルグウィンがこれまでやって来た事は、軍を率いての反乱とそれに伴《ともな》う数々の残虐行為《ざんぎゃくこうい》だ。これはフォルトーゼの法律に照らし合わせると、非常に重大な結末を招く行為だ。ラルグウィンが捕らえられれば、非常に高い確率で死刑の判決を受ける筈だった。

「………残念ながらそれだけの事をしてしまっているのは事実だ。それでもラルグウィン様が魂を失うよりは良い。そして、いざとなれば監獄《かんごく》まで私が助けに行く」

「そんな事をすれば貴方も――――」

「――ラルグウィン様をお助けする為なら本望《ほんもう》だ」

ファスタの覚悟は悲壮《ひそう》なものだった。彼女も既に分かっている。ラルグウィンが悲劇的な最期《さいご》を遂《と》げる可能性が高いという事が。だがもしグレバナスや灰色の騎士と切り離す事が出来れば、一縷《いちる》の望みが残る。皇国側としてはヴァンダリオン派を狩《か》り出す情報源とする為に、ラルグウィンを即日処刑《そくじつしょけい》してしまう訳にはいかない。その時間を使って、ファスタが彼を救い出すのだ。それが非常に困難である事は、ファスタにも重々分かっている。だがそれでも一人でグレバナスや灰色の騎士に挑《いど》む事を考えれば、ラルグウィンを脱獄《だつごく》させる事の方がずっと簡単だ。つまり敵を挿《す》げ替《か》える為の取り引きなのだった。

「………捕《と》らえるまでの、期限付きの協力という事で良いんだな?」

協力はラルグウィンを捕らえるまで。その先は袂《たもと》を分かつ。孝太郎達にはラルグウィンの解放など出来ないし、ファスタも救出を諦《あきら》める訳にはいかない。協力出来るのは捕らえる瞬間までだった。

「そうだ。それでも決して悪い話ではない筈だ」

「話は分かった。少し考える時間が欲しい」

「後はお前達次第《しだい》だ」

それっきりファスタは口を閉じた。必要な事は伝えた。今の彼女に出来る事は、孝太郎達がより良い結論を出すよう祈《いの》る事だけだった。

「さてどうしたものか……」

孝太郎は腕組《うでぐ》みをして考え込んだ。突然《とつぜん》、非常に難しい問題を突《つ》き付けられた格好だった。取り引きに応じる事にも、応じない事にも、それぞれに正当な理由があるように思える。応じればラルグウィンを捕らえる事が出来るのかもしれないが、彼らの手掛《てが》かりが途《と》切《ぎ》れた時だった事もあり、罠である可能性を完全に排除《はいじょ》する訳にはいかなかった。タイミングが良過ぎるし、彼女の発言を裏付ける証拠も乏《とぼ》しい。また相手が相手なので、ファスタ自身が騙《だま》されていたり、操られていたりする場合も考えられるだろう。おかげで孝太郎はすぐには決断出来ずにいた。

「お前達の仕事に口を挟むつもりはなかったんだが……コウ、俺はこの取り引きに乗った方が良いと思うぞ」

そんな悩《なや》める孝太郎に道を示したのは、意外にも賢治《けんじ》だった。ずっと黙って考えていた賢治は、孝太郎が沈黙《ちんもく》した事で口を開いた。

「どういう事だ、マッケンジー？」

「ここで断るとこの人はお前らには予測出来ない行動を取るだろう。しかも単独で事を起こして例の大魔法使いやら騎士やらに捕《つか》まる可能性が高い。そうなると彼女からこちらの情報を取られ、同時に向こうの警戒レベルが一気に跳《は》ね上がる。その後はラルグウィン一点狙いの作戦は使えなくなると見ていい。つまりこれは最小の被害《ひがい》で事を収められる最初で最後のチャンスという事だ。お前らの立場や状況を考えると……このチャンスを逃《のが》すのは惜しい」

賢治が心配していたのは、取り引きを断った後のファスタの行動だった。彼女はそれでもラルグウィンの救出を諦めないだろう。それ程《ほど》の強い意志が感じられた。だが孝太郎達の口ぶりからすると、それが可能な相手とは思えない。そもそも可能なら彼女はここへはやってこないのだから。だから賢治はファスタが単独で事を起こした場合の利益と損失、取り引きに応じた場合の利益と損失を差し引いて比較《ひかく》すると、若干だが応じた方が良いように思ったのだ。

「確かにそれはあるな」

賢治が言っている事を整理すると、状況が制御《せいぎょ》出来ない方向へ転がるような選択《せんたく》は避けるべきだ、という事になるだろう。孝太郎もこれには賛成だった。

「それにだ……コウ、お前は他人を疑う事に向いていない。ここで彼女と取り引きをせずに送り返せば、お前はずっと後悔《こうかい》する事になる」

しかし状況が制御不能になるのを避けるというのは、あくまで表向きの話だ。賢治の本音はこちらにあった。取り引きをせずファスタを追い返せば、そして彼女が一人で危険な目に遭えば、孝太郎はきっと後悔するだろう。そんな孝太郎の性格を考えると、どちらの選択にも一定の正当性があるなら、取り引きに応じた方が良い筈だ――それが賢治の結論だった。

「それを言われると痛いな」

孝太郎は苦笑《くしょう》する。これも賢治が言う通りだった。やはり賢治は孝太郎の事をよく分かっている。この時点で孝太郎は賢治の判断に従うつもりになっていた。どちらにも正当性があるなら、最後は心に従うのは悪くない選択だった。

「それで大丈夫かしら……」

静香《しずか》は表情を曇《くも》らせる。これはファスタがどうこうというよりは、孝太郎や仲間達を案じての事だった。

「大家さん、俺が大家さんに好かれたままでいる為には、この人をどうすれば良いと思います？」

そんな孝太郎の言葉に、静香は目を丸くした。そしてひとつ大きな溜《た》め息《いき》をつき、やれやれと言わんばかりに苦笑した。

「決まりね。………まったくもう。こういう都合の良い時だけ、私の事を自分の女のように扱《あつか》うんだから………」

いつもは頑《がん》としてしない事を、こういう重要な局面では平気でする。静香はそういう孝太郎をずるいと感じていた。同時にそれが嬉《うれ》しくもある。静香としては受け入れざるを得ない結論だった。するとこれまでずっと結論を待っていたファスタが、静香と似たような笑《え》みを浮かべた。

「ふふ、男はここぞという時に融通《ゆうずう》が利かない」

「貴女も苦労しているみたいね」

もしラルグウィンがファスタの進言に従ってくれていたなら、こんな事にはならなかっただろう。そうならなかったのは、彼が叔父《おじ》の仇《かたき》を討《う》つという固い信念の持ち主だったからだ。そしてそういうラルグウィンだからこそ、ファスタはこれまで従ってきた。それは苦労でもあり、同時に喜びでもあるのだった。

孝太郎達が結論を出した事で、ファスタの手錠が外された。期限付きとはいえファスタは味方になったので、もう必要のないものだった。また、すぐに始められた作戦会議にも手錠は不便だった。

「………そして現時点で一番可能性が高い攻撃プランがこれだ」

ファスタは自由になった手で自身のコンピューターを操作し、会議室の三次元モニターに情報を投影《とうえい》する。モニターに映し出された立体的な映像は、彼女がラルグウィンの一派を離脱《りだつ》する時に持ち出した機密情報だった。

「これは………さっきの造船所か？」

「ああ。新しい『青騎士《あおきし》』を作る造船所が何処《どこ》になるのか、それが決まった時から攻撃プランが練られていた」

ファスタが表示させていたのは造船所の詳しい図面と、そこに重なるように書き込まれた作戦計画だった。ラルグウィンがかねてより狙っていた攻撃の目標は、孝太郎達が今まさに視察している最中の新しい『青騎士』だった。ちなみに彼女が造船所に忍《しの》び込めたのも、この情報を持っていたからだった。

「再建造中の『青騎士』を破壊出来れば、戦勝と青騎士の帰還《きかん》で沸《わ》いている国民の高揚感《こうよう》に水を差す事が出来る」

『確かにそうじゃな。「青騎士」の再建造は、復興の象徴《しょうちょう》の一つ。折角《せっかく》上向いた経済を混乱させるには手頃《てごろ》なターゲットじゃろう』

ティアはラルグウィンの作戦計画を高く評価していた。ラルグウィンが狙ったのは兵力としての『青騎士《あおきし》』ではなく、戦争からの復興の象徴としての『青騎士』だ。つまり狙いは国民であり、その高揚感を奪《うば》う事で、経済の復興を妨《さまた》げようと考えたのだ。そして経済を妨げれば皇国軍の動きを鈍《にぶ》らせる事が出来る。皇国軍も予算という枷《かせ》からは逃れられないのだから。経済は国民の消費しようという前向きな感情に大きく左右されるので、そこを狙ったラルグウィンは正しい。そして正しいからこそ、評価しているからこそ、ティアは不快そうだった。

「問題はいつ、どうやって攻撃して来るかだな」

孝太郎もティアと同じ意見だった。これは起こると考えていい。ただしいつ、どのようにして起こるのかが分からない。作戦計画は何通りか書き込まれていて、どれが本命なのかは分からない。また実行される日時も今日なのか一年後なのかが分からなかった。

『それは明らかだ。最高の攻撃タイミングがあるのでな』

キリハは作戦計画を一瞥《いちべつ》しただけで、どの計画が実行されるのかが分かっていた。そのタイミングについても同様だった。

「それはいつだい？」

『五日後だ』

「五日後？　随分《ずいぶん》早いな」

『うむ。そして攻撃目標は胴体《どうたい》を作っているドックとみて、ほぼ間違いないだろう』

キリハは時間と場所をきっぱりと言い切った。彼女にはその確信があった。

「キリハさん、どうしてそれが分かるんですか？」

晴海《はるみ》が詳しい説明を求める。キリハの事は信じていたが、実際に攻撃された場合の影響《えいきょう》が大きいので、それじゃあ五日後に迎撃《げいげき》しましょう、という訳にはいかない。詳細《しょうさい》な検討が必要だった。

『新しい「青騎士」は複数のブロックに分けて建造されている訳だが、それでも胴体部分が宇宙戦艦《せんかん》としての多くの役割を果たす事は分かって貰えていると思う』

「腕《うで》や脚《あし》は、武器を持ったり倉庫になっていたり、ですよね？」

兵器には詳しくない晴海だが、それでも全体像は大まかに把握《はあく》している。非常時に足を引っ張りたくないので、きちんと予習をしている晴海だった。

『そうだ』

胴体が重要――――これはキリハが言う通りで、ブロックごとに別々に作られていて、それぞれに独力で航行出来る機能があるとはいえ、宇宙戦艦というものの本質的な機能はやはり胴体に集中していた。メインの動力や主砲《しゅほう》はもちろん、空間歪曲《わいきょく》航法装置や防御用の歪曲場発生装置なども胴体に装備されていた。

『そうやって胴体はただでさえ重要な部位である訳だが、そこへ五日後、ある人物が視察に訪《おとず》れる』

「……………そうか、狙《ねら》いは俺でもあるんだな」

『残念ながら、そういう事になる』

ラルグウィンの狙いがフォルトーゼ国民を落胆《らくたん》させて経済の停滞《ていたい》を招く事にあるなら、その最大のターゲットは宇宙戦艦の『青騎士《あおきし》』ではなく青騎士本人だろう。だとしたらラルグウィンは孝太郎が胴体の視察に来るタイミングを狙う。これまでのラルグウィンの手腕《しゅわん》からして、彼が最も効果的なこのタイミングを見過ごすとは思えなかった。

「だからこそ接触を急いだという事情もある。時間の猶予《ゆうよ》がなかった」

「ファスタさんも五日後だと思っていたんですのね」

「この作戦計画は私も立案に参加している。当初から本命は胴体、他は副次的な目標という論調だった。ラルグウィン様の目的意識は明快だ」

ファスタにも自分が無茶《むちゃ》をした自覚はあった。だがこの作戦計画は実行の可能性が非常に高く、しかも青騎士の視察という絶好の機会が近付いていた。しかも今後は彼女が抜けた後に作戦計画が修正されたり、新たに立てられた作戦計画も増えていくだろうから、情報の鮮度《せんど》も下がっていく。だから彼女は今この瞬間に賭け、敵陣《てきじん》単独潜入《せんにゅう》などという無茶な行動に出たのだった。

「そして五日後に胴体を攻《せ》める場合、ラルグウィン様はこの配置で攻めて来る」

ファスタはコンピューターを操作して映像を切り替える。それは胴体を建造しているドックをラルグウィン一派の軍が取り囲んでいるものだった。

「砲撃《ほうげき》やミサイル攻撃《こうげき》で済ます可能性は？」

この時ファスタが示した攻撃のプランは、その包囲攻撃一つだけだった。そうなると当然の疑問として、長射程攻撃で済ますのではないか、という話が出て来る。孝太郎は率直《そっちょく》にその疑問を口にしていた。

「お前の殺害も目的の一つなのだ。包囲殲滅《せんめつ》以外の不確かな手段は使わない」

ラルグウィン側の視点でいうと、青騎士と『青騎士』が攻撃を受け、『青騎士』は破壊されたが青騎士は無事逃げ延《の》びました、という結末は好ましいものではない。それぐらいなら最初から『青騎士』だけを狙って破壊した方が国民のショックは大きくなるだろう。人間の感情は繊細《せんさい》なのだ。そうした事情から、孝太郎も狙うなら、孝太郎を確実に倒せるように攻撃する筈だった。それには逃げ道を塞ぐ形の包囲戦が一番だった。

「狙いが『青騎士《あおきし》』だけなら長距離攻撃《ちょうきょりこうげき》で済ますかもしれないが、って事か」

「それに、ここでお前を倒せれば、ラルグウィン様の目的の一つが達せられるからな」

「………貴女が俺を暗殺する事は考えなかったんですか？」

「それをしても皇家を倒し、フォルトーゼを乗っ取る事が出来る訳ではない。暗殺の後でグレバナスが行動に出たら結局ラルグウィン様は破滅だ」

ファスタも孝太郎の暗殺を考えなかった訳ではない。そうすればラルグウィンの目的の一つが叶《かな》って、グレバナスや灰色の騎士と手を切る時期が早まるからだ。だがその成功率は非常に低い。実際今回も殺意がなくても孝太郎には見付かってしまっているし、以前試みた狙撃も失敗に終わった。結局孝太郎を倒すなら正攻法《せいこうほう》で倒すしかなく、またグレバナスと灰色の騎士に対抗する為に現時点で死んで貰っては困る。だからファスタは、今は孝太郎の暗殺など考えずに、ラルグウィンを守る事を選んだのだった。

「貴女はとても苦しい立場にいるんですね」

孝太郎にもファスタの難しい立場が分かってくる。本当ならファスタは自分の手でラルグウィンを守りたいのだろうが、相手がグレバナスと灰色の騎士ではそれは不可能に近い。だからラルグウィンの宿敵の力を借りて守る。毒を以《もっ》て毒を制す、といったところだろう。だがそれは結局毒を飲む事には変わりない。やや弱い毒に変わるが、依然《いぜん》としてラルグウィンは危機に陥《おちい》ったままとなる。そしてファスタがその毒を打ち破れなければ、ラルグウィンは死んでしまうだろう。淡々《たんたん》としている彼女だが、その胸中では複雑な感情が渦巻《うずま》いているであろう事は孝太郎にも想像は難《かた》くない。本来ならこうして孝太郎と同じ空気を吸っている事さえ、避けたい筈《はず》なのだから。

「………話を続けよう」

一瞬《いっしゅん》の間の後、ファスタは再び話し始めた。その胸中に何が過《よぎ》ったのかは誰《だれ》にも分からない。孝太郎もこの時ばかりは彼女の感情を読むような事はしなかった。そっとしておいた方が良い事はあるのだ。

「恐らくラルグウィン様はこの位置に現れる」

ファスタは地形図の縮尺を広域のものに変え、中央の造船所から少し外れた位置にある渓谷《けいこく》を指し示した。

「それは確かですか？」

孝太郎は念《ねん》の為に確認する。ファスタは既にラルグウィン一派を離れている。現在の組織構造が彼女の知るものとは変わっている可能性は少なからずあった。

「ラルグウィン様は苛烈《かれつ》だが、部下を使い捨てにするような方ではない。回収の為のポイントは必ず守る。そして大切だと思えばこそ、ご自分でそこを担当されるのだ」

だがファスタには自信があった。いくら組織構造が変わろうとも、ラルグウィンが大切にしているものまで変わる訳ではない。だとしたらラルグウィンは必ずそこに現れる。ファスタが指し示したのは、脱出や撤退《てったい》の際に兵を回収する地点だった。

「そういえば、あいつ……部下の事だけはいつも守っていたな」

孝太郎にも覚えがあった。ラルグウィンはどの戦いでも部下を守ろうとした。一度などはそれ以上の部下の死を避けようと降伏《こうふく》しようとした事さえあった。だからファスタの言葉は恐らく真実だろうと思われた。ラルグウィンは自ら渓谷に立ち、仲間達が戻《もど》るのを待つのだろう。

「ファスタさんは、だから彼を助けたいんですね？」

「そうだ。その目的はどうあれ、私も仲間を守るのだ」

孝太郎の問い掛《か》けに、ファスタはきっぱりと頷く。ファスタも分かっている。ラルグウィンが取り返しのつかない事に手を染めているという事は。既に死刑に値するところまで来てしまっている事も。だがそれでも見捨てる事は出来ない。これまで毎日同じ釜《かま》の飯を食い、互《たが》いに守り合ってきた仲間だったから。

「惜《お》しいな……あいつが戦いを選んでしまった事が……」

その気持ちは孝太郎にもよく分かる。二千年前でも、現代でも、孝太郎には多くの仲間達が居た。そして仲間達が捕虜《ほりょ》になった時には、孝太郎は迷わず助けに行った。ファスタとラルグウィンも、そういう関係だったのだ。それだけに孝太郎はラルグウィンが敵である事が残念だった。

「……」

そしてファスタは、言葉通り残念そうにしている孝太郎へ静かな視線を送っていた。あるいは彼女もまた、同じ事を思っているのかも知れなかった。

ファスタは捕虜ではなかったものの、だからといって自由にする訳にもいかなかった。孝太郎達はともかく、他の人間は彼女の言葉を簡単には信じないからだ。だからファスタはそのまま『朧月《ろうげつ》』に留め置かれる事となった。

「ごめんなさいね、ファスタさん。不便な生活になってしまって」

「……………敵に投降した割には好待遇《こうたいぐう》だ。それにたかだか数日の我慢だ」

「そう言って貰《もら》えると助かるわ」

そんなファスタを部屋に案内したのが静香だった。元々そういう仕事をしていた彼女だし、作戦を立てたりというような場面ではいまいち役に立てない。何より静香はファスタが突然暴れ出したとしても絶対に負ける事がない。一応今は味方であっても、微妙《びみょう》な立場にいる人間を案内するのに静香以上の適任者は居なかった。そんな訳で静香はファスタを先導して歩いていく。目的地は居住ブロックにある来客用の部屋の一つだ。その道すがら、静香は気になっていた事をファスタに尋《たず》ねてみる事にした。

「ちょっと……………訊いてもいいかしら？」

単なる好奇心《こうきしん》から来る質問だったので、静香の声は遠慮《えんりょ》がちだ。とはいえ沈黙したまま歩き続けるのも気持ちが悪かったという事情もあったのだが。

「内容による。基地の場所なんかは絶対に話せない」

ファスタは静香を邪険《じゃけん》にするような事はなく、一部の重要な秘密を除けば、質問に答える姿勢を見せていた。

「基地の場所なんて訊くつもりはないわ。ただ、ファスタさんにとって、ラルグウィンという人はどういう人なのかなって思って。命懸けで助けにいく訳でしょう？」

静香が気になったのはそこだった。確かに仲間を助けたいという話は静香にもよく分かる。だが単独で命懸けで助けるとなると、それ以上の何かがあるんじゃないか、という気がしたのだ。

「恩人だ。彼は元々私の父の部下で、父が戦死した後は私の面倒《めんどう》をみてくれていた」

ラルグウィンの生まれは騎士の名家で、今では立派な指揮官だが、最初からそうだった訳ではない。軍に入隊した直後は下級の兵士として経験を積み、後に指揮官となる為《ため》の素養を磨《みが》いた。その時の指導を担当した上官が、ファスタの父親だった。二人の関係は良好で、ラルグウィンは彼を第二の父のように尊敬していた。だからファスタの父親が戦死した時、ラルグウィンはその家族を支援《しえん》した。だからこそファスタもまた、ラルグウィンを慕《した》っているのだった。

「………安心した」

ファスタの話を聞いて、静香は言葉通りの笑みを浮《う》かべる。

「どういう意味だ？」

そのファスタの方は、静香が笑う事が不思議だった。どういう理由で笑ったのかが分からなかったのだ。

「そういう理由なら、私にも分かるから」

静香は多少不安だったのだ。反体制勢力に身を置く人物が、どんな気持ちでいるのかが想像できなかったから。だが恩人の為なら分かる。静香も孝太郎や他の少女達の為になら、たとえ一人でも同じ事をするだろう。静香はファスタも同じような人間であると分かったから、安堵《あんど》したという訳なのだった。

「……………そうか」

ファスタの方は表情が変わらなかったが、静香にはほんの少しだけその目が優《やさ》しくなったように感じられた。それは静香の勘違《かんちが》いだったのかもしれないが、本当にそうであれば良いと願っていた。

「ここよ、ファスタさん」

パシュッ
程なくファスタに割り当てられた部屋に到着《とうちゃく》した。するとそのドアが自動的にスライドして開く。このドアは宇宙戦艦のものなので部屋を密閉するフタの役割もあり、開く時には僅《わず》かに空気が漏《も》れる音がする。静香はドアを潜《くぐ》って部屋に入ったのだが、すぐにその顔をしかめた。

「なんだか殺風景な部屋ねぇ……」

そこは来客用の部屋であったが、やはり軍艦《ぐんかん》。それは女の子としても、アパートの大家としても、許せないくらいシンプルな部屋だった。

「軍の施設というのは、普通《ふつう》こんなものだ」

「よし、ちょっと待ってて、ファスタさん」

静香はすぐに部屋を飛び出していく。ファスタはそのままそこに残された。

――ドアが開いたままになっているが……信用されているのか、はたまた試《ため》されているのか……。

ファスタは部屋のベッドに腰《こし》を掛けて待つ。すると程なく静香が部屋に戻って来た。その手には何故《なぜ》か花束が握《にぎ》られていた。地球のものではないので静香も名前は知らないのだが、大きな花弁を持つ桃色《ももいろ》の花と赤い花の花束だった。

「これでよし」

静香はその花束を部屋の花瓶《かびん》に飾《かざ》った。すると殺風景だった部屋に若干《じゃっかん》の彩《いろど》りが添《そ》えられ、圧迫《あっぱく》感が薄《うす》れる。それを自分でも感じて、静香は納得《なっとく》した様子で頷いた。

「……ありがとう」

そんな静香にファスタが礼を言う。彼女もやはり女性なので、静香のこうした心遣《こころづか》いは単純に嬉しかった。

「いいえ。何か困った事があったらすぐに言ってね」

「分かった」

「それじゃ、私はこれで」

静香はファスタに軽く頭を下げると部屋を出て行く。会ったばかりの人にあまりなれなれしくするのはおかしかったし、キリハからそういう指示もあったのだ。ファスタは最終的には敵になる人物なので、情報の与《あた》え過《す》ぎは危険だった。当たり前の話ではあったのだが、今の静香は不思議とそこが残念だった。

パシュッ
再び小さな音を出してドアが閉まる。ファスタは静香が出て行ったドアをそのまましばらく見つめていた。

――――我々はああいう人間と戦っていたのか……。

ファスタは戦場に居る時の静香の事は良く知っていた。凄《すさ》まじい戦闘《せんとう》能力を持った超人《ちょうじん》であり、非常に危険な敵だった。だがこうして一人の人間として向かい合ったのは初めてだった。そしてそれは静香だけではない。孝太郎もティアもそうだった。改めて向かい合った彼《かれ》らは、ごく当たり前の人間に見えた。伝説の英雄《えいゆう》にも、救国の皇女にも見えなかった。その事がファスタの心に、小さなさざなみを起こしていた。それが大きな波に変わるかどうかは分からない。それでもドアを見つめるファスタの瞳《ひとみ》は、既《すで》に敵に向けるようなものではなくなっていた。

ラルグウィンの戦い　十月二十六日(水)

孝太郎《こうたろう》の新しい『青騎士《あおきし》』の視察は順調だった。初日の頭に続き、二日目には右腕《みぎうで》、三日目には左腕と予定通りの順番で進んでいた。今日は既に四日目であり、右脚《みぎあし》の視察を行っている。今の孝太郎は右脚のドックの管理センターにおり、そこで技術者から右脚の役割やその構造についての説明を受けていた。

「………つまり大まかには推進器と推進剤《すいしんざい》、余力で倉庫や格納庫、といったところか」

「おおよその御理解《ごりかい》で合っております。『青騎士』は………ええと、その、非常に趣味《しゅみ》的《てき》な構造をしておりますから――」

「ははは、良いぞ、無茶な構造って言ってしまって。かくいう私もそう思っている」

「恐縮《きょうしゅく》です、閣下。ともかくその独自構造の不利を払拭《ふっしょく》する程の推力を得る為に、脚部《きゃくぶ》には大型の推進器が装備されています。しかし同時に脚の向きを変えれば推進器の向きを大きく変えられるという事でもありますから、このサイズの宇宙戦艦にはあるまじき速度での方向転換《てんかん》が可能です」

「人型の弱点ばかりではないという事だな」

「はい。もちろん強度的な問題で多用は出来ませんが、かつての『青騎士《あおきし》』と同等以上の機動性は確保されたものと確信しております」

「この大きさでなお、前と同じかそれ以上の機動性か……頑張《がんば》ってくれたようだな。強度に関しては気を付けるようにしよう。ありがとう」

「お褒《ほ》め頂き光栄であります！」

この日の孝太郎にはクランが同行しておらず、技術的な説明は現地の技術者が行っていた。同じ理由から孝太郎の受け答えも仕事用の丁寧《ていねい》な言動になっている。クランが一緒《いっしょ》ではないのは、彼女には彼女にしか出来ない仕事が他にあったからだった。

『ベルトリオン』

管理センターでひとしきり説明を受け、孝太郎達《たち》――静香《しずか》と晴海《はるみ》、真希《まき》の三人と護衛役のナナ達は引き続き同行している――が他の場所へ移動している時、そのクランから連絡《れんらく》があった。

「クランか。そっちはどんな様子だ？」

『ようやく幾《いく》つか盗聴器《とうちょうき》や爆発物《ばくはつぶつ》を見付けましたわ。どうやら攻撃を仕掛《しか》けるつもりなのは間違《まちが》いないようですわね』

この日までのクランの仕事は、ラルグヴィン一派が本当に攻撃しようとしている証拠《しょうこ》を見付け出す事だった。やはりその手の技術や経験はクランが飛び抜《ぬ》けているので、彼女《かのじょ》に任せるのが一番だった。

『昨日まではありませんでしたから、仕掛けたのは昨日の深夜から今日の早朝までのどこかのタイミング。ただし多少、雑な仕掛けですわね。貴方《あなた》が急に視察に来た事で、慌《あわ》てたのかもしれませんわ。それと建造中という事もあって、細かい部分にまで人の目が届いてしまう艦体《かんたい》側よりも、ドック側への仕掛けが多いですわ。この配置からすると、攻撃は貴方がドックに入った時なのかもしれませんわね』

「主要なターゲットは分かるか?」

『設置されている数や偏《かたよ》り方から見て、高確率で本命は胴体ですわ』

「やはりそこが狙いか……それで、これからどうする?」

『下手に解除すると攻めて来ないかもしれませんし、このまま配置と通信波の解析《かいせき》を行いますわ。既にパルドムシーハが仕事を始めておりましてよ』

『お任せ下さい、おやかたさま。おやかたさまと「青騎士」は必ずお守り致《いた》します』

敵の仕掛けを発見した事で、攻撃は確定的となった。クランとルースのここからの仕事は敵に気付かれないように情報を集める事だった。孝太郎達はこの場所でラルグウィン一派を迎撃し、指揮官であるラルグウィン本人を捕らえるつもりでいた。孝太郎やティアは敵を油断させる為に予定通りに視察を続ける必要があったが、他の面々は目的の達成の為に時折抜け出して準備に奔走《ほんそう》している。戦いの準備は見えないところで着々と進められているのだった。

仕掛けに関する映像や情報に目を通すと、ファスタは不満そうな表情を作った。いち早くそれに気付いた静香がファスタに尋ねる。

「ファスタさん、何か気になる事でもあった？　あ、もしかしてラルグウィンさん達とは関係なさそう、とか？」

「そうじゃない。使っているものからして、ラルグウィン様の手の者の仕業《しわざ》である事は間違いはない。だが………仕事ぶりがいい加減で気に入らない。私の部隊なら、こんな雑な仕事はしない」

ファスタが不満に思ったのは、爆発物や電子機器の設置が適切ではない事だった。この手の仕事は本来彼女が率いていた部隊の仕事であり、その仕事ぶりに比べると大きな差があった。例を挙げるとカモフラージュが不十分であったり、配線が適当だったりといった具合だ。これではすぐに見付けられてしまうし、ちょっとしたアクシデントで起爆《きばく》する恐《おそ》れもあった。

「恐らく、彼らがフォルトーゼに戻ってきた事で作戦領域が広がった弊害《へいがい》でしょう。ファスタさんの古巣がここまで出てくる時間的な余裕《よゆう》が無かったから、現地の兵力で事前の偵《てい》察《さつ》や工作をせざるを得なかったのでしょう」

真希にはファスタの不満の原因に心当たりがあった。軍事組織での生活が長かった真希なので、これまでに度々遭遇《たびたびそうぐう》していた問題だったのだ。

地球では多くの戦いで防御《ぼうぎょ》側だったラルグウィン一派だが、フォルトーゼに帰ってきた事で攻撃《こうげき》側に回る頻度《ひんど》が増えた。だが精鋭《せいえい》の数には限りがあるので、攻撃目標の位置と状《じょう》況《きょう》によっては練度の低い部隊で作戦にあたらねばならない場合が起こり得る。古来より戦闘において不利になる要素は数多く知られていたが、戦闘領域――つまり宇宙の広さはその大きな要因の一つだった。今回はその典型例で、孝太郎達が視察に来たのに合わせて既にあった攻撃計画を実行したものの、ファスタが所属していたような高い技術を持つ部隊を駆《か》り出す時間的な余裕が無かった。その結果、事前の準備が雑になってしまった、という訳だった。

――確かに作戦領域が広がったから、という問題はある。だがこれは……事態がそれ程までに切迫《せっぱく》していると考えた方が良いだろう……。

ファスタも真希が言っている事は正しいと感じていた。少なからずそのせいでもあっただろう。だがファスタには疑問があった。これまで何事も慎重《しんちょう》に進めてきたラルグウィンが、果たしてこんな強引《ごういん》な攻めを行うだろうか？　彼がこういう杜撰《ずさん》な攻めになる事を予見しなかったとは思えない。そしてラルグウィンの性格からすると、事前に分かっていれば計画の見直しや見送りが行われた筈だ。それがファスタが知るラルグウィンという指揮官の姿だった。なのに実際にはそのまま実行されているように見える。だとしたら、ラルグウィンは何もかも分かっていて、なお攻撃に踏《ふ》み切ったという事になる。それが必要なのは果たしてどういう状況か――ファスタにはあまり良い状況が想像出来なかった。リスクを覚悟《かくご》で攻めざるを得ない程に、グレバナスと灰色の騎士の動きが早いのだろう、この時のファスタはそのように解釈《かいしゃく》していた。こうしてファスタは事前の工作の不手際《ふてぎわ》という小さな情報から、かつての上司の苦境を読み取っていた。それはやはり、長年共に歩んだ仲間であればこそだった。

――覚悟の上の攻撃であるなら、これは私にとって最初で最後のチャンスとなるだろう。この機会を逃せば私がラルグウィン様を救う手段はほぼなくなる。絶対に成功させなくては……。

雁字《がんじ》搦《がら》めの組織を離《はな》れてラルグウィンを救おうとしているファスタだが、それは時間が経《た》てば経つほど困難になっていく。ファスタの武器は内部情報であり、それがどんどん劣《れっ》化《か》していくからだ。そしてラルグウィン自身の現状を思えば、こうしたチャンスが何度もあると考えるのは楽観的過ぎる。今回が最初で最後と考えるのが妥当《だとう》だろう。だからファスタは自身が安易な考えに逃《に》げないよう、改めて気を引き締《し》めた。

孝太郎が頭部の視察を行った日から数えて五日後、新しい『青騎士《あおきし》』の視察全体としては六日目の最終日。孝太郎は予定通り胴体部分の視察を行うべく、もう一度造船所へと向かっていた。

「さて、どう出て来るかな……」

孝太郎は移動に使っている車両――初日と同じく浮遊《ふゆう》タイプの乗り物だ――の窓か

ら、少しずつ近付いてくる造船所を眺《なが》めていた。完成すれば全長一キロを超《こ》える宇宙戦艦を作っているので、造船所自体がそれよりも一回り大きい。浮遊・飛行タイプの作業機械があっても、その規模の建物が必要になるのだ。特に胴体部分は大きいので、遠くからでも一目でそれと分かる、この星でも最大級の建物の中で建造中だった。

「余裕があるな、コウ。俺《おれ》は震《ふる》えが止まらん」

車両に同乗している賢治《けんじ》は、そう言いながら自分の顔の前に右手をかざす。言葉通り、その手は微《かす》かに震えていた。そんな賢治に孝太郎は笑いかける。

「新兵は基本そんなもんさ」

幾つもの戦いを経験している孝太郎だから、新たに戦場へ足を踏み入れる新兵の気持ちもよく分かっている。その基準でいうと、賢治はむしろ落ち着いている方だった。

「お前達はこんな事を何度も経験してきたんだな」

「俺の場合はちょっと特殊《とくしゅ》だな。いきなり命の危険がある戦いに放り込まれた訳ではなくて、もっと小さい、小競《こぜ》り合いみたいな事から徐々《じょじょ》に慣らされていった感じだ」

最初は六畳間に現れた少女達との喧嘩《けんか》みたいなものだった。続いて彼女《かのじょ》達それぞれの事件が起こり、小競り合いへ変わった。やがて事件は大きくなり、戦術的な要素を含《ふく》む戦闘へ。最終的に軍同士がぶつかり合う、大規模な戦い――――戦争に発展した。孝太郎は賢治や他の新兵のように、いきなり大きな戦いに参加した訳ではなかった。順番に問題に対処していたら、いつの間にかそれが戦争になっていた、という感覚だった。

「でも、いずれお前も慣れるさ。怖《こわ》いは怖いままなんだがな」

「お前でもまだ怖いのか？」

「そうだな……キンちゃんやクラスメイトが何十人か、銃《じゅう》を持って一緒に戦ってくれている状況を想像してみてくれ」

親しい友達や顔見知りの人々が、一緒に戦場に居る。そしてそのうちの何割かが怪我《けが》を負い、更《さら》にその中の何割かが命を失う事になる。それも孝太郎の指揮のもとにだ。もっと言うと、孝太郎の指揮次第《しだい》でその数が増えたり減ったりする。それは孝太郎がいつまで経っても慣れる事が出来ない、戦いの恐怖《きょうふ》だった。その意味では、ただの兵士として戦場を駆け回る方がまだ気が楽だった。

「……大した奴《やつ》だよ、お前は。俺には難しそうだ」

「それでいいんだ。これはお前の戦いじゃない。俺達が絶対に守るから、お前は指示に従って安全な場所へ逃げてくれ」

賢治がこの場所に居るのは、敵に警戒《けいかい》させない為だった。初日には賢治達も一緒に視察していたのに、それが急に来なくなれば不自然だ。だから賢治には最終日まで付き合って貰っていた。ちなみにナルファと琴理《ことり》に関しては、二日前の時点から参加していない。賢治さえいれば、女の子の二人は来なくても不自然には見えないだろうという判断だった。そしてもちろん、孝太郎には無関係の賢治を戦わせるつもりはない。戦いが始まる前に、賢治は安全な場所に隔離《かくり》される予定だった。

「頼《たの》むぞコウ、お前らが頼《たよ》りだ！　きっちり俺を守ってくれ！　俺が戦うなら、せめて幾らか訓練してから戦いたい！」

「………お前、臆病《おくびょう》なんだか勇敢《ゆうかん》なんだか分からん奴だな」

孝太郎はこの時、賢治の方が自分よりも戦いに向いているのではないかと思った。だがすぐに思い直す。賢治のこの勇気は恐らく、同じ境遇《きょうぐう》の妹の琴理の為なのだ。賢治は戦いに向いているのではなく、妹を守ろうと必死になっている姿が、それに似ているだけなのだろう。

「………里見《さとみ》君、なんだか気配がざわついて来たわ」

そんな時だった。静香の感覚に戦場特有の気配が忍び込んで来た。これは厳密にはアルゥナイアが野生の本能で感じ取っているもので、それが彼女にも伝わっているのだ。見えてはいないが、既に敵が近くにいるのだろう。

「里見さん、松平《まつだいら》さんを逃がしましょう」

いかに天才のナナであっても霊的《れいてき》な感知力だけは人並みなので、彼女はまだ敵の気配を感じていない。だが静香が感じ取っているなら敵が居るのは間違いないだろう。この時点で非戦闘員である賢治の退避《たいひ》を考えるのは正しい判断だ。特にそれが孝太郎の親友であるならば、なおの事だった。

「いえ、この感じだとまだしばらく攻撃はありません。それにこのタイミングだとあからさますぎます。逃がすのはこの先の検問で停《と》まる時にしましょう」

孝太郎の霊能力《れいのうりょく》は早苗譲《さなえゆず》りなので、静香よりも詳細に状況を把握していた。確かに孝太郎も敵の気配は感じていたが、まだそれは緊張感《きんちょうかん》や興奮が大半で、殺意のような直接的な攻撃の意志は感じられない。戦闘前の自然な高ぶりを感じ取ったような状況なのだ。この状況で大きく行動を変えてしまうと、逆に賢治を危険に晒《さら》したり、敵の行動が変わってきてしまう恐れがあった。とはいえ攻撃が近いのも確かなので、孝太郎は予定よりも早く造船所の手前の検問所で賢治を降ろすつもりだった。

「俺なんかが言う必要はないんだろうが……気を付けろよコウ」

「そんな事はない。心配してくれてありがとな」

賢治は十分に役目を果たしてくれた。敵は孝太郎達が迎撃の準備を整えている事に気付かず、そのまま攻撃しようとしている。ここから先は孝太郎達の役目だ。敵を倒《たお》し、ラルグウィンを捕《と》らえる。戦いは目前に迫《せま》っていた。

一応宇宙戦艦を造っている造船所である訳なので、検問所は複数存在している。機密を扱《あつか》っているので、セキュリティは厳しいのだ。そして孝太郎達が賢治を降ろしたのは、最後の検問所だった。この検問所が一番大規模なものであり、セキュリティチェックも厳しい。おかげで建物の構造もしっかりしており、一旦《いったん》周囲から車両が見えなくなる。賢治を安全な場所へ移すのは確かにこの場所が最適だった。

「………マッケンジーを頼む」

「この命に替えましても、必ずや！」

「そこまで大事にしなくて良いんだがなあ………」

「言ってないで行け、マッケンジー！」

「おう！　また後でな！」

「マツダイラさん、こちらへ！」

「はい！　よろしくお願いします！」

この造船所でも人や物資の運搬《うんぱん》には日常的に空間歪曲技術――――いつもティアが一〇六号室へやってくる時に使っている転送ゲートの大規模版――――が利用されている。賢治は出来れば戦闘が始まる前にそれによって遠くへ逃がされる。間に合わなかった場合でも造船所内に幾つか存在している避難《ひなん》用シェルターに移される。これで賢治が危険な目に遭《あ》わなくて済むようになったので、車両が再び走り出した時の孝太郎は少しだけ安堵の表情を浮かべていた。

「あは、やっぱり松平さんは特別なんだ？」

そんな孝太郎の隣《となり》の席にナナが笑顔《えがお》で移動して来る。するとその直後、彼女の姿が賢治のものに変わった。向かいの席にいる真希が魔法《まほう》でナナの姿を変えたのだ。造船所の中へ入ってしまえば遠距離《えんきょり》から識別される恐れは殆《ほとん》ど無いので、賢治を降ろした後は最初からこうする手筈《てはず》になっていた。

「そういう面は確かにあります」

「へぇ……静香さんと真希さんは大変ですなぁ」

ナナは楽しそうに笑うと、その頭を孝太郎の肩《かた》に乗せる。真希の魔法は完璧《かんぺき》で、その姿や声は、賢治以外の何者でもなかった。

「その格好と声でそういう事をされると気色悪いので、勘弁《かんべん》して下さい」

「そうなんだ。男の子の距離《きょり》感って大分私達とは違《ちが》うのね？」

ナナは素直《すなお》に身体を離した。元々ちょっとした冗談《じょうだん》だし、非常時でもある。悪ふざけは後回しの方が良い。その辺りの判断は絶対に誤らないナナだった。

「まあ、そうなりますすね」

孝太郎は再び安堵した表情を浮かべる。やはり賢治の姿であういう事をされるのは心臓に悪かった。

「という訳だから……スキンシップで二人の間に割り込むのは無理そうよ。別の作戦で頑張ってね、真希さん、静香さん」

「参考になります」

真希は大真面目に頷《うなず》く。彼女の場合は単純に孝太郎に必要とされる方法が知りたい訳なので、こういう情報は大助かりだった。

「男の子って難しいなあ……」

それに対して静香は苦笑《くしょう》気味だ。琴理は孝太郎が賢治や静香に向ける感情は殆ど変わりないと言っていたが、こうして改めて実例を見るとやっぱり違うんじゃないかという気がしてくる。その心中は複雑だった。

『シズカ、来るぞ』

だが孝太郎達が呑気《のんき》にしていられたのはそこまでだった。静香の膝《ひざ》の上に座《すわ》っていた人形サイズのアルゥナイアの一言で、孝太郎達の表情が一変する。同時にアルゥナイア自身も姿が消える。戦闘に備えて分離《ぶんり》した状態を止めたのだ。

「……今度は本当に攻撃して来るみたいね」

静香にもアルゥナイアが言っている事が分かってきた。ぴりぴりした独特の空気が感じられる。開戦前の戦場に特有の空気感だった。孝太郎も同様で、すぐに通信回線を開くと指示を出した。

「青騎士《あおきし》より通達！　全軍戦闘態勢！　部隊長の判断で交戦を許可する！　油断するな、すぐに来るぞ！」

この作戦の責任者は孝太郎だ。だが現代戦の経験と知識は、やはりフォルトーゼ皇国軍の軍人達に一日《いちじつ》の長がある。だから指揮は素直に部隊長――この場合はネフィルフォラン――に一任する形になっていた。

『みんな聞いたな！　安全装置解除！　作戦通りやれ！』

『うおおぉぉぉぉぉぉぉぉっ！』

だがそれで正しかった。司令官は青騎士だが、普段《ふだん》通り戦える。組織に歪《ゆが》みを生まず、兵士達の士気だけが爆発《ばくはつ》した。青騎士が総大将というのは、やはり皇国軍にとって大きな意味があった。

ドカァァァァアン

そして実際に爆発が起こったのは、その直後の事だった。

フォルトーゼの国民を動揺《どうよう》させる事が狙《ねら》いである以上、ラルグウィン一派にとって最重要のターゲットはやはり青騎士《あおきし》――孝太郎だった。宇宙戦艦《せんかん》の『青騎士』の方も重要なターゲットではあるが、皇国軍の戦力を分散させる意味もあって、現時点では後回しだった。そして最優先が孝太郎なので、彼が建物に入ってしまう直前に攻撃《こうげき》を仕掛けた。孝太郎が建物に入ると一度見失ってしまい、殺害の難易度が上がる。攻撃はこのタイミングがベストだった。爆破《ばくは》もその為に行った事であり、最終的には『青騎士』の破壊《はかい》も目指しているものの、この時に爆破されたのは別のものだった。

「首尾《しゅび》は⁉」

「ジェネレーター停止！　防御用の歪曲《わいきょく》場ダウン！」

最初の爆発は二ヶ所で同時に起こった。フォルトーゼの現代戦における基本は、やはり防御用の空間歪曲場をいかにして破るかという事にある。通常の遭遇《そうぐう》戦では火力による削《けず》り合いになる訳だが、拠点《きょてん》攻撃となるとそう単純な話ではない。それというのも拠点の場合は移動の必要が無いので、強固な歪曲場とそれを支える大型のジェネレーターが設置されているからだ。この造船所は軍の戦艦を造っているので、もちろん歪曲場に限らず多くの防御策《ぼうぎょさく》が講じられている。その為、力押《お》しなら大型砲《ほう》や戦略級兵器が必要で、そうでなければ潜入《せんにゅう》工作などで事前に無力化する手筈を整える。この時のラルグウィンは、撹乱《かくらん》も兼《か》ねて後者を選択《せんたく》した。爆破でジェネレーターと歪曲場を停止させ、驚《おどろ》いている皇国軍を打ち破り、青騎士の首を取る。それと並行《へいこう》して『青騎士』の破壊が出来れば理想的な結末となるだろう。ラルグウィンはその第一手に成功していた。

「作戦通り部隊を前進させろ！　向こうに立ち直る余裕を与えるな！」

「了解《りょうかい》！　当作戦に参加する全部隊へ通達、遮蔽《しゃへい》を解除し攻撃を開始せよ。以降の行動は作戦プラン六Aに従われたし。繰《く》り返す、遮蔽を――――」

ラルグウィンは部下に全部隊への命令を伝えると、自身は作戦状況を表示させている三次元モニターを睨《にら》み付けた。そこに映し出されている立体映像には、造船所を取り囲むように配置された部隊が、少しずつその輪を狭《せば》め始めている姿が映し出されている。ラルグウィンは霊子《れいし》力技術による遮蔽や単純なカモフラージュなどを組み合わせて使い、事前に味方の部隊を皇国軍に見付からないぎりぎりの距離まで近付かせてあった。そして最初の爆発と同時に、一斉《いっせい》に攻撃を開始させていた。

――――ここまではいい。次の爆破までに入り込めれば本命に手が届く!

単なる拠点攻撃の戦闘であれば、用意した爆発物を一気に爆破しただろう。その方が大規模で派手な混乱を引き起こせるからだ。反面、そこから立ち直られてしまうと、それ以降は普通に戦う事になる。今回の場合はそれではまずい。狙いは人間の方の青騎士《あおきし》と、建造中の宇宙戦艦『青騎士』の二つだ。だから混乱を大きくするよりも長続きさせる事が優先され、爆発物は作戦計画に従って順番に爆破していく予定となっていた。そうすれば皇国軍側に隙《すき》がある状態を長続きさせ、逆に味方はどの順番で爆発するのかが分かっているので秩序《ちつじょ》だった動きでその隙を突《つ》く事が出来る。また一気に『青騎士』を破壊すると敵の兵力が青騎士防衛に集中するので、その意味においても慎重にタイミングを計る必要があった。彼の作戦はそうした計画的なものであったのだが、それでも大きな危険を孕《はら》んでいるのが初動の数十秒間だ。多くの策を巡《めぐ》らせたラルグウィンといえど、どうしても初動に限っては敵のリアクションは読み辛《づら》い。しかも敵は爆発で混乱している訳なので、思わぬ行動をする場合もある。それによって人間の方の青騎士を攻撃する筈《はず》の部隊が大きく損耗《そんもう》してしまえば、この時点で作戦失敗となる可能性も大いにあった。また最初の爆発で思った程《ほど》の混乱を引き起こせなかった場合も危険で、その場合は接近して包囲が完成する前に全部隊が大きく損耗してしまうだろう。だからラルグウィンはこの局面を祈《いの》るような気持ちで見守っていた。神ならぬ身ゆえに、どうしようもない限界というものはあった。

「ラルグウィン閣下、皇国軍が布陣《ふじん》の再編を開始。地点C、D、Fに展開されていた兵力を地点Aへ移動させる模様」

「頭と両腕《りょううで》を捨てるか……いつもながら向こうの指揮官は思い切りが良い」

皇国軍は爆破によって生じた混乱から立ち直りつつあった。地点Cは『青騎士』の頭を造っているドックであり、DとFは同様に左右の腕を造っているドックだ。皇国軍はその兵力を地点A――胴体《どうたい》を造っているドックへ送ろうとしていた。これは非常にダイナミックな発想と言える。頭と腕を犠牲《ぎせい》にして、より重要度の高い胴体を守ろうとしているのだ。敵の兵力の集中を避《さ》けたかったラルグウィンの視点では、とても嫌《いや》な動きをしてきた事になるだろう。

「とはいえ、やはり青騎士がいると守らねばならんようだな。よし、予定通り第二段階へ移行、C、D、Fの頭を押さえるように爆破してやれ！」

皇国側に問題があるとすれば、それがたった一人の人間を守る為に行われているという事だろう。これが単純に『青騎士』の胴体を守る為に行われたのであれば手放しで絶賛した所なのだが、厳密にはそれは青騎士《あおきし》という一人の人間を守る為の行動であって、兵士達の動きに歪みがあった。彼らは状況を半ば無視する形で全速力で移動しており、完全に無防備だった。おかげでラルグウィン側が用意していた罠《わな》に、真正面から飛び込んでしまっていた。

ズドォォォンッ

「………第二段階、起爆に成功。敵軍は多数の兵力を損耗。しかし閣下、起爆の直後にサブジェネレーターが起動、予備の歪曲場が展開された模様です」

皇国軍は罠に飛び込み、大きな被害《ひがい》を出していた。とはいえ楽観は出来ない。予備の動力源が起動して、バリアーを始めとする防御用の装置が再び働き始めていた。新しい歪曲場は孝太郎がいると思われる地点A――――胴体を造っているドックを中心として展開されているものの、やはり予備なので最初のものよりは幾らか範囲《はんい》が狭《せま》かった。

「再起動が十秒遅《おそ》かったな。このタイミングではもはや手遅《ておく》れだ！」

しかしラルグウィンは余裕を崩《くず》さない。もし再起動が二度目の爆破以前であれば、戦いはもつれたかもしれない。バリアーが爆発を抑え込み、兵の損失を減らしてくれただろうからだ。だがそうではなかった。おかげで爆破により兵力は大きく損耗し、再起動する筈だった防御用の装置類にも被害が出ている。それにより本来は進軍を止められていた筈の場所を味方の兵力が悠々《ゆうゆう》と進軍していく。既にサブジェネレーターは目前であり、このまま攻撃を続ければ皇国軍が再び防御手段を失う事は間違いない状況だった。

――勝った、賭《か》けに勝ちましたぞ、叔父《おじ》上！

実を言うとラルグウィン側は事前にサブジェネレーター――予備の動力――の位置を特定する事が出来ておらず、防御装置類の再起動が阻止《そし》出来るかどうかは不透明《ふとうめい》な状況で攻撃に踏み切っていた。その危険性を分かっていながら、ラルグウィンはあえて賭けに出たのだ。そして起動してエネルギーを発するようになった事で判明したサブジェネレーターの位置は、幸運にも味方部隊の目と鼻の先。結果的に見てラルグウィンは賭けに勝ったと言えるだろう。

「天は我らに味方しているぞ！　このまま攻撃の手を緩《ゆる》めるな！」

そして傾《かたむ》き始めた戦況《せんきょう》を自軍の勝利で確定させるべく、ラルグウィンは兵達に更なる前進を命じる。ようやく迎《むか》えた勝利の時を前に、ラルグウィンの気持ちは逸《はや》った。

もし戦況がラルグウィンが認識《にんしき》している通りのものであったなら、確かに孝太郎は首を取られていたのかもしれない。それぐらいラルグウィンの攻撃は的確だったし、運も味方していた。だが残念ながら実際はそうではなく、ラルグウィン一派の優勢は見せかけのものでしかなかった。

「キリハ様、敵軍が撤退《てったい》限界ラインを突破《とっぱ》しました」

指揮官の席についているキリハに向かって、ルースが冷静に戦況を報告する。造船所内には臨時指令部が設置されていて、そこからキリハがこの作戦全体を指揮していた。もちろんルースやクランもその手伝いをしている。そしてこの時ルース一人が口にした『撤退限界ライン』とは、キリハが地図上に引いた仮想的な線であり、戦場となる造船所をぐるりと取り囲むように引かれていた。

「うむ、では全力での反撃《はんげき》に移るよう指示を」

「直ちに！」

報告を受けると、キリハはすぐに反撃を命じた。キリハが指揮するフォルトーゼ皇国軍は、敵軍がこの仮想的なラインを越《こ》えた時点で大々的に反撃を開始する事になっていた。実はこのラインを越える前に攻撃しても、ラルグウィン一派を逃がす恐れがあった。逃がさない為《ため》には、かなりの位置まで敵を引き込まなければならず、それを分かり易《やす》く明示したのが、この『撤退限界ライン』だったのだ。

――一抹《いちまつ》の不安はあったが、やはり杞憂《きゆう》であったようだな。やれやれ……。

多くの兵士達の前なので涼《すず》しい表情を崩さないものの、実はこの時キリハは内心で胸を撫《な》で下ろしていた。ラルグウィン一派の配置や動きはファスタがもたらした情報通りだった。だがそれでも百パーセントの保証はなかった。全軍の命を預かる以上、キリハはどうしても万に一つの罠の可能性を無視する事が出来なかったのだ。だが幸いその可能性は消えた。現在の戦況が、ファスタの情報が確かである事を証明してくれていた。それが彼女が味方である証明にはならない事が、残念ではあったのだが。

「さあ、ラルグウィン。後は汝次第《なんじしだい》だ。汝が何者であるかで、この戦いの結末が変わってくるだろう」

キリハに限らず、孝太郎達は基本的に敵であろうと犠牲が出る事を望んでいない。もちろん元々ラルグウィンの一派であったファスタは特にそうだろう。だからキリハは可能な限り犠牲が出ないように策を講じた。だが本当にそうなるかどうかは、キリハにも分からなかった。

最初の爆発があった時も、ファスタは落ち着いていた。だがそれは爆発以上に気になる事があったからでもある。彼女が気にしていたのは、愛用の狙撃銃《そげきじゅう》のスコープの先にあるもの――――かつての味方の姿だった。

「まさか味方を撃《う》つ事になるとは……」

この状況はファスタが望んだものではなかった。彼女が漏《も》らした情報が味方の兵士達を危機的状況に追い込んでいる。彼女にとって仲間はラルグウィンだけではない。本来なら彼らの事も守らねばならなかった。しかしこのまま状況を放置すれば、いずれグレバナスと灰色の騎士が行動を起こす。そうなればラルグウィンのみならず、兵士達も破滅《はめつ》的な運命を辿《たど》るだろう。戦いを強制されたり、反抗《はんこう》して殺されるならまだいい。最悪なのはグレバナスが操《あやつ》る暗黒の魔術《まじゅつ》で魂《たましい》を奪《うば》われ、操られてしまう事だ。巨竜《きょりゅう》を操ったグレバナスだから、兵士達を操るのも難しくはない筈だ。そしてグレバナスの、いや、復活したマクスファーンの暗黒の兵団として生まれ変わる事になる。そういう最悪の未来から、仲間達を守るにはこれしかない――――ファスタは自分にそう言い聞かせて戦いに臨《のぞ》んでいた。

「大丈夫《だいじょうぶ》だよ。あんたは間違ってない。しわしわ魔法おじじと灰色のアイツがおかしいだけで、あんたのせいじゃないもの」

ファスタの傍《そば》には早苗の姿があった。他にも狙撃や遠距離での攻撃が得意な兵士達も一緒に居る。早苗は彼《かれ》らの目になる為にこの場所に居たのだ。

「それは分かっているつもりなのだが……簡単に割り切れるものではない。私が敵側にいると知ったら、仲間達は一体何を思うのか……」

早苗の慰《なぐさ》めの言葉も彼女の沈《しず》んだ表情を変えるには至らなかった。そんなファスタの周囲を見回した早苗は、やたらと軽い調子で応じた。

「んー……特に怒《おこ》ってはいないみたいだよ？」

大丈夫、何も心配は要《い》りませんよ――この時の早苗の顔は、まるでそう言っているかのようだった。

「なんだと？」

「だからあんたの仲間。全然怒ってないよ」

「一体何の話をしている？　からかっているのか？」

だがファスタには早苗の言葉の意味が分からない。急に仲間は怒っていないと言われても、からかわれているようにしか感じなかった。

「からかってないよ」

早苗はすぐに首を横に振《ふ》る。もちろん彼女にはそんなつもりはなかった。

「自分では分からないんだろうけど、あんたのまわりには守ってくれている霊が沢山《たくさん》いるの。バンダナスパナ君とか、メットサングラス姉さんとか。少なくともその人達は怒ってないから大丈夫だよ」

早苗が言っているのは今相対している兵士達ではなく、ファスタを守護している霊《れい》達の話だった。彼女の周りには多くの霊の気配がある。彼らは決して怒っておらず、むしろ積極的に守ろうという意志が感じられた。

「………メドハインとギルファラ分隊長………!?」

ファスタは酷《ひど》く驚き、大きく目を見張った。同期の工兵、メドハイン。初陣《ういじん》からしばらく世話になった、ギルファラ分隊長。どちらも後の戦いで戦死した、かつての仲間だった。彼らはファスタが忘れようにも忘れられない人達であり、ファスタが仲間を大切にする原因の一つでもある。そんな彼らを早苗が知っている筈がない。だからそれは早苗の話が真実である証拠ともなった。

「ほんで一番やる気になっているのがね、おでこに傷があって、髪《かみ》が薄《うす》いけど髭《ひげ》はもじゃもじゃのおっちゃん」

「まさか、父さ――――」

「みんなあんたに勝って欲《ほ》しいと思ってる。今日の戦いがとても大事だって分かってるんだと思う。だから………この感じだと多分ね、今日のあんたは適当に銃を撃っても、狙ったところに当たりまくると思うよ」

普通《ふつう》の霊が現実に与《あた》える影響《えいきょう》は微々《びび》たるものだ。だが本当に重要な局面に限れば、その微々たる力が折り重なって、影響力を強める事があった。今がまさにその時であり、特にファスタは極度の集中力を要する狙撃手《そげきしゅ》であるから、彼らの補助で霊力が安定すれば狙撃の結果は大きく変わってくる。そしてその事は、早苗がいう『怒っていない』という言葉の証拠ともなるのだった。

「自分と仲間を信じるのだ、我《わ》が弟子《でし》よ」

この時早苗が口にしたのはアニメで覚えた台詞《せりふ》であったが、この状況においては確かに真実だった。ファスタは正しいと仲間達は信じている。だとしたらファスタもそう信じて良い筈だ。そしてその事がきっと、より良い結末をもたらすだろうから。

「一年前の私なら、何を馬鹿なと思っただろうが……信じたくなった」

復活した邪悪《じゃあく》な魔《ま》法使《ほうつか》いを危険だと思えばこそ行動を起こしたのに、善なる霊の守りだけ信じないというのは奇妙《きみょう》な話だ。既《すで》に多くの驚異《きょうい》を目にしているファスタだから、早苗の言葉も信じる事が出来た。

「ついでにあたし達の事も信じるのだ、我が弟子よ。あたし達がおまえに授《さず》けた銃弾《じゅうだん》は、きっとおまえの仲間を傷付けずに倒すであろう」

ファスタの狙撃銃には特別製の銃弾が装填《そうてん》されている。それは霊子力技術で作られた銃弾であり、命中すると霊力を乱して意識を奪う力がある。これによりファスタは仲間を殺してしまう心配をしなくて済むのだった。

「信じよう、我が師よ」

早苗のおかげで、ファスタの心は幾《いく》らか軽くなっていた。悩《なや》みが完全に消えた訳ではなかったが、それでも笑顔を作るだけの余裕は取り戻《もど》していた。

「でもね、頭には当てないように気を付けてね？　弾《たま》の勢いはそのままだから、かなりドーンってなるよ」

「大丈夫だ。きっと頭への命中弾は、仲間達が外してくれるだろう」

「うむ、その調子だ、我が弟子よ」

早苗も笑顔を覗《のぞ》かせる。優《すぐ》れた霊能力を持つ早苗だから、ファスタが少し元気になったのを直接感じ取っていた。久しぶりに自分とその能力が誰《だれ》かの役に立ったので、早苗はとても満足していた。キリハから反撃開始の命令が届いたのは、その直後の事だった。

初動が囮《おとり》役だった孝太郎を除けば、一番危険な役割を負っていたのは静香とネフィルフォラン、そしてそれに従う連隊の最精鋭の部隊だった。基本的に皇国軍は防戦をしながら後退を続け、敵兵力にキリハが定めた『撤退限界ライン』を越えさせる事を狙っている。簡単に言うと敵を戦い易い位置までおびき寄せる役割と言えるだろう。ただでさえ難しい役割なのだが、静香達はその中でも激戦区というべき位置にいる。それというのも『青騎《あおき》士《し》』の胴体を造っているドックは造船所の東側に位置しているので、外周からドックまで一番近いのが東側なのだ。ラルグウィン一派は包囲殲滅《せんめつ》を狙って大兵力を投入してきているので、必然的に東側は激戦区となる。そんな状況で前線を支えなければならないので、非常に複雑かつ繊細《せんさい》な立ち回りが必要とされるのだ。それは高いバランス感覚と長年の経験が不可欠な、非常に危険な戦場だった。

「こういう戦いでは射撃《しゃげき》戦を重視しなかった我が身が悔《く》やまれるわね……」

ドンッ

ネフィルフォランは苦笑交じりにライフルを発砲《はっぽう》する。ネフィルフォランのグレンダード家は古くからの武門の家柄《いえがら》だ。その為、先端《せんたん》技術は取り入れつつも、やはり接近戦を重視する傾向《けいこう》があった。そうした訳で彼女《かのじょ》の射撃戦の腕は接近戦のそれよりは幾らか劣《おと》る。ティアなら鼻歌交じりに当てる事が出来る標的を、ネフィルフォランはしっかり狙って打う必要があった。そうして彼女が何人目かの敵を倒した時の事だった。

「連隊長、ここはそろそろ限界です。少し後退して隊を再編しましょう」

中年に差し掛《か》かった髭面《ひげづら》の兵士がネフィルフォランに後退を進言する。ナナが孝太郎の護衛に回っている関係で、一時的に副官を務める事になった人物だった。彼は最精鋭《さいせいえい》の部隊を鍛《きた》え上げ、共に戦い続けてきた歴戦の指揮官だった。

「ディアヘイル、まだ余裕《よゆう》があるように見えるが」

何度目かの後退を進められた訳だが、ネフィルフォランにはまだ戦況に余裕があるように感じられていた。

一気に接近してきたラルグウィン一派の部隊は造船所の外周の建物に取り付き、そこを臨時の拠点にするような形で攻撃して来ている。攻撃には勢いがあり、少しずつだが『青騎士《あおきし》』の胴体を造っているドック、つまり孝太郎がいる場所へ向かって前進していた。だが最初からその形で戦うつもりだったネフィルフォラン隊なので、被害はまだそれほど出ていない。敵の攻撃で建物が幾つか崩壊《ほうかい》し、兵力も一部を失っていたものの、それらは退避済みの建物と囮用の自動兵器ばかり――――攻撃用の車両と等身大の人型兵器――――だったので、いわゆる人的な被害は怪我人《けがにん》が数人という状況《じょうきょう》だった。開戦から既に二十分近く経過している事を踏まえると、よく守っていると言えるだろう。

「きゃーきゃーきゃー！　また爆弾《ばくだん》がいっぱい飛んで来たぁっ！」

『落ち着けシズカ、あの程度の攻撃ではお前を傷付ける事は出来ん』

「そうは言ってもさっき瓦礫《がれき》に埋《う》まって危なかったじゃないのぉっ！」

厳密に言うと危ない局面もなくはなかった。静香が逃げ遅《おく》れた隊員を助けに行った時、建物が崩れて一緒《いっしょ》に生き埋めになったのだ。幸い静香の剛腕《ごうわん》で無理矢理《むりやり》脱出《だっしゅつ》して事なきを得たが、彼女がいなければ犠牲者《ぎせいしゃ》が何人も出ていた事だろう。

「そうです、確かにまだ余裕があるように見えます。ですがこうした後退局面では、賢《かしこ》い敵は意図的にそう見えるよう演出してきます。連隊長も攻める時には意図的にタイミングをずらしておられる筈です。それを極端《きょくたん》にしたものとお考え下さい」

「なるほど……ディアヘイル、お前の判断を信じよう。後退するぞ」

「ハッ！」

若くして連隊長の地位にあるネフィルフォランだが、その戦歴は彼女の称号《しょうごう》であるアルダ・サイン――貫《つらぬ》く槍《やり》――が示す通り、攻めに特化した戦いで勝ちをもぎとってきた傾向があった。だからこうした防戦や後退しながらの戦いは経験が不足気味だ。もちろん知識としては知っているが、やってみない事には分からない事も多く、ネフィルフォランは副官の言葉を信じて早めの後退を決めた。

「こちらネフィルフォラン、東側の部隊を後退させる！　余力のある部隊は東の敵部隊後方に砲撃《ほうげき》を！　前進する足を緩めさせる！　加えて対空兵器を――――」

方針が決まるとネフィルフォランは後退の為の命令を次々と下していく。東側には彼女が直接指揮している中隊一六〇名が展開しており、それだけの人数を後退させるのは意外と手間がかかる。また移動中に攻撃を受けるのは非常に危険だった。特に砲撃や空からの対地攻撃には気を遣《つか》わなければならなかった。

「シズカさん、またよろしくお願いします」

『分かりました、すぐそっちへ行きます』

そして何より危険な殿《しんがり》は、静香とネフィルフォランの直掩《ちょくえん》部隊が務める。歩く戦車と言っても過言ではない静香と、長い間グレンダード家に仕えている歴戦の勇者たちでなければ、この危険な役割は果たせなかった。

カラーン

そんな時だった。ネフィルフォランが使っていた通信用のアプリケーションに、優先度が高く設定された通信が着信した。発信者の情報などを確認《かくにん》した人工知能は、ネフィルフォランの指示を待たずに通信回線を開いた。

『全軍に通達！　敵軍が「撤退限界ライン」を突破！　作戦計画に従い、直ちに反撃を開始して下さい！　繰り返します、敵軍が――』

聞こえて来たのはルースの声だった。彼女が伝えたのは、ネフィルフォラン達が待ち続けた時がやって来た事を告げるものだった。ネフィルフォランは即座《そくざ》に指揮下の部隊への通信回線を開いた。

「聞いたな、お前達！　先程《さきほど》の後退命令は取り消す！　これまでよく我慢《がまん》した！　反撃を開始するぞ！」

『ウオオオォォォォォォォォオオッ！』

その途端《とたん》、兵達の士気が沸騰《ふっとう》する。これまで我慢に我慢を重ねて防戦にあたっていた彼らなので、このルースの通信は彼らの気持ちを大いに上向かせてくれた。もちろんネフィルフォラン自身もそうだった。

『私も一緒に戦わせて貰《もら》って構いませんか、ネフィルフォラン殿下《でんか》？』

ゴォォォンッ

そうやって盛り上がるネフィルフォラン達のところに、身長五メートルを超《こ》える鋼鉄製の巨人《きょじん》が姿を現した。その身体は目も醒《さ》めるような青で塗装《とそう》され、背中には赤いラインの入ったバックパックが接続されていた。

「青騎士《あおきし》閣下!?」

『わらわもおるぞ。ずっとイライラしておったところじゃ。わらわもここで暴れさせて貰うぞ！』

巨人はウォーロードⅢ改、その背中には重火力装備であるレッドラインのバックパックが接続されている。つまり孝太郎とティアが、ネフィルフォラン隊の援軍《えんぐん》としてやってきたのだった。

――――青騎士《あおきし》閣下を前に出すなど……いや、そういう事か！

一瞬《いっしゅん》、防衛対象である孝太郎が前に出てきた事をとんでもないと考えたネフィルフォランだったが、すぐにその考えを改める。キリハがそれを認めている以上、この場所が最大の激戦地になる可能性が高いか、その逆で敵の後続がどう攻めて来るのかが読めない状況であるかだ。キリハはそのどちらにも対応出来る一手として、この場所に青騎士を配置する事にしたのだろう――――ネフィルフォランはそんな風に考えていた。

『旗を揚《あ》げるぞ！』

そんなティアの言葉と同時に、ウォーロードⅢ改のバックパックの上部が展開し、そこから上方へ向かって一条のビームが伸《の》びていく。それは威力《いりょく》としては大した事のないもので、攻撃の為のものではなかった。そのビームはある程度の高さに届いた段階で、空中に何かの模様を描《えが》き始める。それは竜《りゅう》と戦う騎士を模した紋章《もんしょう》であり、つまりそれは青騎士

の出陣《しゅつじん》を示すビームで描き出された大きな旗だった。

オオオオオォォォオオォォォオオォォォォォ

その瞬間《しゅんかん》、造船所全体が地鳴りのような音に包まれる。それは孝太郎の出陣を知った兵士達の声で、あまりの声量と数に、既に人の声には聞こえなくなっていた。彼らの声は低音のうねりとなって、繰り返し造船所を揺《ゆ》らし続けた。先程反撃《さきほどはんげき》の命令が出た時よりも更《さら》に大きな、士気の爆発だった。

『青騎士だ……青騎士が出陣してきたぞ!』

『チャンスじゃねえか!　青騎士の首を取りゃあ、一生楽して暮らせるようにして貰えるだろうぜ!』

同じ事はラルグウィン一派の方でも起こった。だがその反応は二種類に分かれている。青騎士の出陣に青ざめる者と、喜ぶ者だ。前者は単純に青騎士を恐《おそ》れている。伝説の英雄《えいゆう》が敵として現れたのだから、そうもなるだろう。後者はその英雄を倒して名声や褒美《ほうび》を得ようという者達だった。

『キリハ、向こうの人達もお祭り騒《さわ》ぎみたい。ぐろーばる早苗ちゃんねるによると、ガッカリ君とやる気マンが半々ぐらいに分かれてもめてる』

『ふむ……聞いた通りだ孝太郎。そこはお祭りの中心地――――激戦地となる』

この二つの反応により、キリハの懸念点《けねん》は払拭《ふっしょく》された。単に激戦地になるのであれば士気が高い事は良い事だし、戦闘力《せんとうりょく》的にも孝太郎はそこに居て然《しか》るべきだ。そして慎重《しんちょう》に手を探《さぐ》っている状態の敵も、孝太郎を意識した事で動きが定まるだろう。つまりキリハは孝太郎達《たち》を出す事で、激戦となる場所を一つに絞《しぼ》らせたのだった。

竜と戦う騎士の旗を見ても、ラルグウィンは表情を変えなかった。この時彼は後方に控《ひか》えた戦闘用艦艇《せんとうかんてい》で指揮を執《と》っていたが、騒いでいるのは同乗しているクルーばかりで、彼は冷静な表情のまま戦況を見つめていた。

「……やはり出てきたな、青騎士《あおきし》。さて、どれで来る？」

ラルグウィンが落ち着いていたのは、孝太郎の出陣を予想していたからだった。ラルグウィンはこの攻撃をするにあたり、配置された皇国軍の倍以上の兵力を用いた。その兵力に包囲された状態にあり、また重力波の妨害《ぼうがい》によって転送ゲートや空間歪曲航法が使えない事から、皇国軍は何らかの手段で包囲を突破しなければ全滅《ぜんめつ》かそれに近い状態となるだろう。もちろんそれは孝太郎の死と同義だ。となれば手は幾つもない。細かいバリエーションを挙げればキリがないが、大まかには力技で突破するか、あるいは囮を使うか、という二つの手段が考えられる。そしてこれまでの経験から考えると、ラルグウィンは前者であろうと考えている。青騎士が囮を使って逃《に》げるとは思えなかったからだ。青騎士が旗を揚げた事もそれを裏付けている。偽《にせ》の旗を使って敵を欺《あざむ》く事は、騎士道精神に反する。それは青騎士に限れば絶対にありえない話だった。

「まあいい。後詰《ごづ》めの部隊を出せ！　向こうの祭りに付き合おうではないか！」

青騎士の選択に個人的な興味はあったが、戦術的に見ればラルグウィンが執るべき方策は一つしかない。それは旗のある場所に増援《ぞうえん》を送る事だ。そしてラルグウィン自身が指揮を執る部隊は監視《かんし》や偵察《ていさつ》を強化して、イレギュラーな事態に備える。これならば万一青騎士が囮を使ったとしても対応は可能だった。だが事態はここから、ラルグウィンの予想を超えた動きを見せる事となった。

「たっ、大変です、ラルグウィン閣下！」

「どうした騒々《そうぞう》しい」

「敵のメインジェネレーターが再起動、歪曲場も再展開されました！　我が方の部隊は二つの歪曲場に挟《はさ》まれ、完全に逃げ場を失いました！」

「なんだと!?」

ラルグウィン一派は初手にメインジェネレーターと歪曲場を爆破し、その隙に攻勢《こうせい》に出た。実際それから今まで皇国軍は予備のジェネレーターと歪曲場でしのいでいたのだ。なのに今、青騎士《あおきし》が前線に出てきたこのタイミングで、メインジェネレーターと歪曲場が復活した。同時にサブジェネレーターの出力も上がった。それにより前進して包囲した筈の部隊が、メインとサブ、二つの歪曲場に挟まれる形で立ち往生した。簡単に言えば、二重丸の隙間《すきま》に捕《と》らえられてしまったのだ。

「このままでは各個撃破《げきは》される！　戦車隊と砲兵《ほうへい》隊に砲撃命令、歪曲場を破らせろ！　それと前進中の援軍を急がせろ！」

ラルグウィンはすぐさま手を打った。このままでは攻撃部隊が全滅する。敵は歪曲場を開閉しながら、端《はし》から順に撃破していくだろうからだ。それを避ける方法はただ一つ。全力で攻撃して外側のメインの歪曲場を破る事だけだった。

――――しかし……何故《なぜ》こうも完全に裏をかかれたのだ？　明らかにこの場で思い付いた対策ではない！

流石《さすが》のラルグウィンもこの時ばかりは混乱していた。敵の策が完璧《かんぺき》過ぎる。敵はラルグウィン側が事前に爆発物《ばくはつぶつ》を仕掛《しか》けている事に気付いていて、この状況を作り上げた筈だ。だが爆発物の解析《かいせき》や偽の爆発の手配など、その準備は簡単ではない。初手でジェネレーターと歪曲場を破壊するのが拠点攻略《きょてんこうりゃく》の定石であるとはいえ、複数設置した爆発物の全てに対応されてしまっているのは、設置のタイミングから考えてあまりにも早過ぎる。この分では造船所に仕掛けた全ての爆発物に対策がされていてもおかしくはなかった。

「造船所に設置した爆発物のうち、味方が居ない地点のものを全て起爆《きばく》しろ！」

「了解！　起爆信号を送信します！」

この状況においては手段を選んではいられない。味方の損耗を避ける為に、爆破で敵を混乱させようというのだ。歪曲場に閉《と》じ込《こ》められているのは皇国軍も同じなので、効果的である筈だった。しかし――――

「爆発しません！　敵軍に損傷なし！」

設置されていた爆発物は爆発しなかった。何も起こらず、戦いはこれまで通りに進行していた。

「撤去《てっきょ》されてしまったのか!?」

「いいえ、受信と起爆を示す信号は返って来ています。恐らく装置部分を残して、爆薬《ばくやく》が取り除かれているのではないかと」

爆発物は基本的に電子装置と爆薬を組み合わせた作りになっている。皇国軍はそこから爆薬だけを取り除いていた。おかげで実際に起爆の命令を送るまで、対策されてしまっている事が分からなかった。信号を送って爆発物の動作状態を確認しても、正常に起爆命令を待っている状態であるという返事が来ていたのだ。

「やはり対策済みか………相変わらず敵は相当なやり手のようだな。それともエルファリア帝の入れ知恵《ぢえ》か？　ええいっ！」

ダンッ

ラルグウィンは腹立たしげに握《にぎ》り拳《こぶし》で椅子《いす》のひじ掛けを叩《たた》いた。相手の知恵が大きく勝ったか、あるいはラルグウィンの失策か。どちらにせよラルグウィンは敗北感に苛《さいな》まれ、怒《いか》りのやり場がなかった。

だがこれをラルグウィンの失敗であるとするのは酷《こく》だろう。彼はファスタが敵側に付いた事を知らない。彼女が情報を漏らした事で、この状況が生まれているだけなのだ。公平に見て、ラルグウィンに失敗はなかった。またグレバナスと灰色の騎士の事を思えば、このタイミングで仕掛けざるを得なかった事情もある。強《し》いてあげれば事前の潜入工作の実行部隊の練度が低かった事だけは問題だろうが、それはあくまで比較論《ひかくろん》でしかない。ファスタの元同僚達《どうりようたち》がエリートであっただけで、通常の部隊の水準は満たしているのだ。

「いかがいたしますか、閣下？」

新しい『青騎士《あおきし》』の爆破は失敗し、味方は歪曲場の檻《おり》に閉じ込められた。このまま放置すれば致命的《ちめいてき》な結果に至る。ラルグウィンだけでなく、ブリッジの兵士達は全員がそれを理解していた。

「持てる火力の全てを投じて、外側の歪曲場を破る。然る後に、全軍で撤退する。我々も前に出るぞ！　だが出過ぎるなよ、我々で撤退の道を守らねばならんのだからな！」

ラルグウィンの選択は味方の救出だった。それはいつも通りの彼の選択だったので、ブリッジの兵士達には小さな安堵《あんど》の空気が広がっていった。やはり戦場に身を置く兵士にとって、味方が孤立《こりつ》した時に上官がどういう選択をするかは重大な関心事だ。必ず助けに来てくれるという確信があればこそ、危機的状況でも戦えるのだから。そこの不安が消えた事で、ブリッジの兵士達はすぐに表情を引き締《し》め、自身の仕事を再開した。

ファスタが提供した情報によってラルグウィン一派が包囲戦を仕掛けて来ると分かった時点で、キリハは敵を空間歪曲場で閉じ込める事を考え始めた。それは一枚目の歪曲場を破壊《はかい》したと思わせておいて前進させ、二枚目で受け止めている間に一枚目を修復するという流れだ。こうすれば孝太郎達を包囲攻撃《こうげき》から守る事が出来るし、敵も各個撃破出来る。

だがそれとは別に、キリハにはもう一つ狙《ねら》いがあった。

「司令、敵の強襲揚陸艦《きょうしゅうようりくかん》を捕捉《ほそく》。最大船速で突っ込んで来ています」

刻々と変化する戦況は、立体映像として司令室のモニターに表示されている。その立体映像に新たに赤い光点が表示され、まるで流れ星のように動き始めた。

「……来たな、ラルグウィン」

それを見たキリハの目がきらりと光る。それはこれまで『絶対に居る筈だが、姿を隠《かく》している敵』だった。普通に考えると、この広大な造船所への包囲攻撃には歩兵の人数に換《かん》算《さん》して二個大隊――千二〇〇人程度の兵力が必要になる。となると何処《どこ》かにそれだけの兵力を運ぶ宇宙用の艦艇が隠れている筈なのだが、自分から姿を見せるまでは見付け出すのは困難だった。というのも宇宙時代の強襲揚陸艦なので、元々極《きわ》めてステルス性が高い事に加え、船足も速い。それが出来るからこそ強襲揚陸という行為《こうい》が成立する訳なので、これは基本的な機能だと言っていい。だからそういう艦艇に少し離《はな》れた場所に隠れられては、見付け出すのは困難だった。それをようやく引き摺《ず》り出す事に成功していた。

「やはりお前は優秀《ゆうしゅう》な指揮官であったようだな」

出現した強襲揚陸艦はファスタが事前に提供した情報通りの場所へ向かっていた。彼女が言う通り脱出《だっしゅつ》時の集合ポイントを守るつもりなのだ。そして同時に、そこから砲撃やミサイルで歪曲場を破ろうとするだろう。兵を大事にする指揮官は総じて強い。実際キリハがラルグウィンの裏をかけているのは、ファスタの情報があればこそだった。そうでなければ敵味方双方《そうほう》に、もっと多くの被害が出ていたに違《ちが》いないだろう。だから有利に事を進めながらも、キリハは微塵《みじん》も油断していなかった。

「孝太郎、ラルグウィンが来る。そちらの様子は？」

『悪くはない。ティアが頑張《がんば》ってくれているおかげで、ミサイルや砲弾《ほうだん》は一発も着弾《ちゃくだん》していない。が――――』

『ビームは無理じゃあああぁぁぁぁぁっ!!　なんとかせいっ、コータロー!!』

『分かってる！』

新たに姿を現した強襲揚陸艦と、既に展開している地上兵力は、徹底《てってい》して砲撃とミサイル攻撃を繰《く》り返していた。内外からの攻撃で負荷《ふか》をかけ、歪曲場を破ろうというのだ。だが今のところは事前に配置された対空装備で大半の迎撃《げいげき》に成功していた。中でも目覚ましい活躍《かつやく》をしていたのがウォーロードⅢ改に同乗しているティアだった。彼女の専用の砲撃《ほうげき》戦《せん》装備を満載《まんさい》したバックパックは、対空装備も充実《じゅうじつ》しているのだ。そして自動的に迎撃する対空装備の撃ち漏らしを、ティア自身が砲撃して撃ち落としていた。例外はレーザーやビームのようなエネルギー兵器で、これは流石に迎撃が難しかった。それらは孝太郎が盾《たて》で遮《さえぎ》るという方法もあったが、全てを防ぐのは不可能だ。だがレーザーやビームだけなら歪曲場で何とか防いでいる。拠点《きょてん》防衛用の空間歪曲場は非常に強固なのだ。おかげで新しい『青騎士《あおきし》』や味方の兵力には目立った損害は出ていなかった。

『敵は何発撃ってくるのじゃあぁぁぁぁぁぁぁぁっ⁉』

『――という訳でとても忙《いそが》しい』

孝太郎達の忙しそうな様子は、通信機越しでもキリハによく伝わっていた。だがキリハは戦況を示す立体映像を一瞥《いちべつ》すると、孝太郎達が更に忙しくなるような事を口にした。

「申し訳ないが、前に出て敵の増援の鼻先を抑《おさ》えて欲しい」

ラルグウィンはドーナツ状の領域に閉じ込められた味方を救う為に、自身が乗る揚陸艦《ようりくかん》を含《ふく》む増援を前に出した。キリハはその前進を阻《はば》む為に孝太郎達を前に出したいのだ。だが孝太郎達はドーナツの輪の中心にいる。前に出る為には幾つか問題があった。

『対空防御《ぼうぎょ》が薄くなるぞ？』

「汝らが前に出れば、増援の方は砲撃どころではなくなる」

歪曲場を破る為の攻撃は、主にドーナツの外にいる兵力が行っている。事前に配置された砲兵隊や強襲揚陸艦の装備が主だった。ドーナツの中の兵力が携行《けいこう》している武器は拠点《きょてん》攻撃《こうげき》よりも人間や車両相手に有効なものばかりだし、そうでないものは数に限りがある。

だから孝太郎達が前に出てくれれば、ドーナツの外の兵力は孝太郎達と戦わねばならなくなって歪曲場への攻撃が減る。現状の対空装備でも何とかしのげる筈《はず》だった。

『かもしれんが、どうやって突破を？　歪曲場で閉じ込めてはいるが、わらわ達は敵のド真ん中におるのじゃぞ？』

「普通に歩いて」

『ハァ？』

思わずティアの目が点になる。射撃も一瞬だが手が止まる。それだけキリハの歩いてという言葉は予想外だった。

「ティア殿、汝が言ったのだぞ、敵を歪曲場で閉じ込めていると。ならば歪曲場の天井《てんじょう》を歩いて前に出れば良い」

二つの歪曲場で挟んで閉じ込める形になっているが、きちんと上空も塞《ふさ》いである。そうしないと空を飛べる兵種や兵器が出入り出来てしまうからだ。歪曲場は上半分だけではあるが、本当にドーナツ型に成形されていたのだ。ならばそこを歩いて渡《わた》ればいい、歪曲場にはそれが可能なだけの十分な強度があった。

『相変わらず突拍子《とっぴょうし》もない事を考えよるのう……いや、まさかそなた、最初からこの形を狙っておったのか!?』

最初こそ驚《おどろ》いていたティアだったが、すぐにキリハの作戦の全貌《ぜんぼう》に思い至る。

――キリハは最初から敵の第一波とは戦う気がなかったのじゃ！　第一波は閉じ込めておいて援軍を、つまりラルグウィンを引っ張り出し、その援軍だけを叩く！　第一波を閉じ込めて各個撃破するように見せたのは、ラルグウィンが救援《きゅうえん》に来る事を見越《みこ》した上での餌《えさ》だったのじゃ!!

それはラルグウィンの性格や用兵を見切った上での罠《わな》。ティアは開いた口が塞がらなかった。それに対してキリハは普段《ふだん》通りの落ち着いた様子で頷《うなず》いた。

「うむ、思ったよりも上手《うま》くいった。これもファスタ殿の情報があればこそだ」

流石のキリハもファスタの情報がなければここまでしっかり罠を張る事は出来なかっただろう。ラルグウィンの詳細《しょうさい》な人物像や作戦案が分かっていたからこその、大作戦だったと言えるだろう。

『礼を言うキリハ殿』

「何の話だろうか？」

『………いや、それなら良いのだ』

そして何より、この形に持っていければ、ファスタが味方と戦う頻度《ひんど》を下げられる。ファスタはそれに対しての礼を言ったのだが、キリハは知らんぷりを決め込んだ。キリハは恩を売る気はなかった。残念ながら、ファスタは遠からず再び敵になる。仲良くし過ぎると、その時にお互《たが》いが辛い目に遭《あ》うだろう。キリハはそれをよく分かっていた。そしてそれはファスタも同じ。だから彼女は心の中で密《ひそ》かにもう一度礼を言った。

孝太郎達が第一波の部隊を置き去りにして前に出てきたと分かった時、ラルグウィンは自分が壮大《そうだい》な罠に嵌《はま》った事を悟《さと》った。

――――最初から指揮官狙いの作戦だったか。第一波を捕らえれば、指揮官に選択《せんたく》を強いる事が出来る。逃げるか、救援に向かうか。どちらにせよ動かざるを得ず、姿を隠している優位を失う訳だ。となれば次は当然……。

「ラルグウィン閣下、本艦《ほんかん》の後方にエネルギー反応が出現！　敵の伏兵《ふくへい》です！」

『やはりそう来るか……』

フォルトーゼ側の視点では、ラルグウィンが救援に来れば倒《たお》せば良いが、逃げる場合も考えられる。だからその背を追う為《ため》の伏兵は必ずある。結局は逃げなかった訳だが、その場合は背後を取って挟撃《きょうげき》の形へ持っていく。敵ながら思わず感心してしまいそうになるほどの、鮮《あざ》やかな手並みだった。

「だが敵を褒《ほ》めてばかりもいられんな」

敗色は濃厚《のうこう》だったが、それでもラルグウィンは勝負を投げていなかった。まだ現段階での目標、味方を救助して撤退《てったい》するという可能性は残されていたのだ。

「やはり貴公を連れて来た意味があったようだな、灰色の」

それは同行していた灰色の騎士だった。灰色の騎士はこれまで特に口を出さず状況を静観していたのだが、ラルグウィンに呼び掛けられようやく口を開いた。

「協力は惜《お》しまんが……俺《おれ》に出来る事にも限りがある。何をさせたい？」

敵は前と後ろにいる。そして味方はドーナツ状の歪曲場に捕らえられている。幾ら強い力を持っている灰色の騎士であろうとも、そうした全ての問題を同時に解決するのは不可能だった。

「以前やってくれた事をもう一度やって欲しい。あそこで捕《つか》まっている兵士達を逃がして欲しいのだ」

かつて孝太郎達が旧ヴァンダリオン派の拠点に攻め込んだ時、灰色の騎士は混沌《こんとん》の渦《うず》の力を使ってラルグウィン達を逃がした。ラルグウィンはそれと同じ事を求めていた。

「青騎士《あおきし》を倒すのではなく、か？」

「そうだ。俺では捕らえられている兵達を救い出せんからな」

ラルグウィンが兵士達を救い出す場合、部隊を率いて大々的に向かう事になる。当然敵はそれを妨害しようとして来るだろう。だが灰色の騎士の能力があれば少数で救援に向かうことが出来、目立たない筈だ。それが適材適所であろう、という判断だった。

「貴様が青騎士を抑えるのも簡単ではないぞ？」

「それでも俺が兵達を救い出すよりも、可能性があるだろう」

だがそれは同時に、灰色の騎士が救助を済ませるまでは、ラルグウィンが青騎士一派を抑えなければならないという事でもある。それは簡単な事ではなかったが、逆の配置で挑《いど》むよりはずっと成功する可能性は高いと思われた。

「なるほど……」

灰色の騎士は一言そう呟《つぶや》くと、胸の内で思索《しさく》を巡《めぐ》らせる。

――――敵は青騎士だけではない。問題は二人の早苗だ……単独でも霊力で劣る状態なのに、二人同時はちと厄介《やっかい》だ……。グレバナスに頼《たの》んだものが出来上がっていれば話は別だったが、ここはラルグウィンの提案通りにするのが妥当《だとう》か……。

最終的な結論はラルグウィンの言う通りにするというものだった。この時点ではまだラルグウィンには利用価値があった。その宇宙規模の組織力はもちろん、単純に彼が掌握《しょうあく》している兵力も惜しい。だから灰色の騎士は頷いた。

「分かった、やってみよう」

「頼めるか、灰色の」

「ああ」

灰色の騎士はすぐさま行動を開始した。ラルグウィンに背を向けて、ブリッジを出て行く。そんな彼《かれ》の背中に、ラルグウィンが呼びかける。

「そうだ、片付いたら一杯奢《いっぱいおご》る。流石に大仕事だからな」

「この身体で酔《よ》えるかどうかは分からんが……楽しみにしておこう」

ラルグウィンは灰色の騎士を見ていない。灰色の騎士もそうだった。二人共時間にはあまり余裕が無い事を理解しているのだ。そうして二人は別れ、それぞれの戦いに挑む事となった。


九人の少女達の中で、戦いが始まった時点で孝太郎に同行していたのはティア、真希、静香の三人だ。他の者達のうち、キリハとルースは司令部にいる。残りの晴海と早苗、ゆりかとクランの四人は、ファスタと一緒にラルグウィン達の後方に位置している伏兵の部隊にいた。

「ハルミ様、もうすぐ敵が射程に入ります」

「レイオス様と足並みを揃《そろ》えます。攻撃開始のタイミングは向こうと合わせて下さい」

「了解《りょうかい》しました、ハルミ様！」

伏兵の部隊はネフィルフォランが直接指揮を執るのが困難なので、臨時で晴海がその役割を担《にな》う事になっていた。晴海は孝太郎の仲間達の中では年長で心理的にも安定している、一番指揮官向きの人材だと言える。だが晴海本人は上手くやれるか心配だった。チームとして頑張っている人達の所に急に割り込んでチームワークを乱すのが嫌《いや》だったし、自分自身では指揮官向きの人間だとは思っていなかったから。

「それと、その『ハルミ様』っていうのは何とかなりませんか？」

「なりません。ハルミ様は青騎士《あおきし》閣下の騎士団員であらせられますから、待遇《たいぐう》は正騎士に準じます。当部隊の指揮を執って頂けるのは光栄であります！」

だが不思議とネフィルフォラン隊の士気は高い。晴海が臨時指揮官に任命された時も不平は出なかったし、今も晴海の指揮に文句は出ていない。晴海が正しい指揮をしているから当然ではあるのだが、彼らは彼女が戦場に出て来ているという事を、非常に強く歓迎《かんげい》していた。また晴海が臨戦態勢となり、その髪《かみ》が銀色に輝《かがや》き始めるとその傾向は強まる。今も兵士達《たち》は時折晴海に視線を向けていた。

『ねー、晴海、ホントにあんたも一緒に行かなくて大丈夫《だいじょうぶ》？』

「大丈夫です。レイ———えと、里見君が剣《けん》を使えば私には分かりますし、ここからでも操《あやつ》れますから」

『だから言いましたでしょう？　大丈夫だって』

『そうだけどさ、晴海も孝太郎を見たいかなって思ったんだもん。まあいいや、ともかく行ってくるね！』

『おいら達が活躍する時が来たホー！』

『我らこれより修羅《しゅら》に入るホー！』

「気を付けて下さい、皆《みな》さん！」

見送る晴海を後に残し、『お姉ちゃん』とクランを乗せたオオヒメ———埴輪《はにわ》達の高機動重戦闘モジュール———が空に駆《か》け上がっていく。そんなオオヒメに、上空で待機していた皇国軍の戦闘機《せんとうき》隊が合流する。このオオヒメと戦闘機隊のチームで、先を行くラルグウィンの強襲揚陸艦を背後から攻撃する手筈《てはず》となっていた。

「それでは私達も参りましょう」

「はいですぅ」

晴海とゆりかはこのままネフィルフォラン隊の地上部隊と一緒に戦う。前方に展開するラルグウィン一派の援軍、その地上部隊を倒す必要があるからだった。

「ハルミ様、攻撃の前に、一度兵達にお声掛けを願います」

副官を務める兵士が晴海に兵士への激励《げきれい》を要請《ようせい》する。孝太郎達との調整は済み、攻撃のカウントダウンは始まっていた。

「またですか？」

「はい、是非《ぜひ》お願い致《いた》します」

この申し出に、晴海は困り顔だった。晴海は以前にも同じように兵士達への激励を求められた事があった。晴海は自分にそれだけの価値があるのかは自信がなかったものの、命《いのち》懸《が》けで戦う人達の力になればと引き受けた。今回もそうで、しかも時間も殆《ほとん》どなかった事から、晴海はすぐに観念してコンピューターを操作し、指揮下の兵士達全員に通信回線を接続した。

「この通信を聞く全ての兵士達に告げる！」

晴海の声は力強かった。残念ながら、それは晴海自身の言葉とは言い難《がた》いものだ。彼女が継承《けいしょう》したアライアの記《き》憶《おく》、その中にある激励の言葉を参考にしていた。

「ヴァンダリオン派との内戦は半年以上も前に決着が付いた！　しかしその残党との戦いは今もなお続いている！　だがそれも今日までだ！　我らは今日の勝利をもって、戦いに終止符《しゅうしふ》を打つ！」

晴海は今はアライアの真似《まね》で良いと思っていた。孝太郎もそうだったから。孝太郎も最初は青騎士《あおきし》の演技だった。だがそこに込められた気持ちは本物だったから、繰り返すうちに孝太郎は本物になった。もちろん晴海もそうなるとは限らない。しかしそれでもこの行為が無駄《むだ》ではないと信じる根拠《こんきょ》にはなってくれていた。

「敵の向こう側にはレイオス様がいらっしゃる！　我らは勝利を手にした後、胸を張ってレイオス様を出迎《でむか》える！　誇《ほこ》りを胸に勝利せよ！　祖国と国民を守り抜《ぬ》くのだ！」

晴海の堂々たる言葉を聞き、副官の兵士は改めて思った。

――やはりこの方は、普通《ふつう》の少女ではない。内に秘《ひ》めた強い力がある。あるいはかの皇女の……。

そしてそれは副官の兵士だけではなく、兵士達全員に共通する思いでもあった。

「我《わ》が旗に続け！　戦闘を開始する！」

『うおおぉおぉぉおぉぉおぉぉおぉおっ！』

だからでもあるのだろう。晴海が戦闘開始を宣言すると、孝太郎が声を掛けた時に匹敵《ひってき》する程《ほど》の激しい歓声《かんせい》が上がった。それは通信機から聞こえて来るものだけではない。晴海の周りの至る所で、轟《とどろ》くような歓声が上がっていた。以前と同じように、今回も晴海は兵士達を勇気付ける事に成功したようだった。

孝太郎や晴海が率いる地上部隊が攻撃を開始した事は、すぐに早苗に伝わった。通信や声ではない。戦場で爆発的《ばくはつてき》に高まった霊力《れいりょく》が彼女《かのじょ》にそれを教えてくれていた。軍隊同士が正面衝突《しょうとつ》をする時によくある反応だった。

「始まったよ、ファスタ」

「そのようだな。私にも見えてきた」

それは共にいたファスタにもすぐに分かった。彼女が覗《のぞ》き込んでいる高倍率のスコープにも敵――――本来は彼女の味方――――の姿が見えていたのだ。そうしながらファスタは多少の驚きを隠せずにいた。

――――しかし、本当にこの場所から狙撃《そげき》できるとはな………。

彼女がここに居るのは、キリハの指示だった。戦場の前進と後退が起こり、最終的にはこの場所から狙撃が可能な筈だと。だが正直ファスタは半信半疑だった。ファスタが詳細な情報を提供したとはいえ、本当にラルグウィン一派がキリハの想定通りに行動するとは思えなかったから。

――これでは勝てない筈だ……戦いの規模が大きい程、この悪魔《あくま》のような頭脳に晒《さら》されるのだからな……。

地球で戦っていた頃《ころ》も敵の指揮官――キリハの手強《てごわ》さは感じていたが、それでも今ほどではなかった。それは恐らくラルグウィン一派の全貌が分からなかった事や、逆にフットワークの軽い小規模の集団であった事が大きいのだろう。だがこうしてフォルトーゼに帰還《きかん》し、現地の反政府勢力と合流して大規模化した事で、かえって行動が想像し易《やす》くなってしまった。この事に関しては後にラルグウィンへの報告が必要であろう、ファスタはこの時そんな事を考えていた。

「よし、すぽったー出撃《しゅつげき》！」

『なんで私が………』

「あんたファスタを怖《こわ》がってるでしょ。ここであたしの代わりに相手する？」

『………行ってきまーす！』

早苗の身体から幽体離脱《ゆうたいりだつ》した『早苗さん』が上に向かって飛んで行く。残された『早苗ちゃん』はそれを不満そうに見上げていたのだが、すぐに真面目な表情に戻《もど》る。彼女も遊んでいる場合ではないと分かっていたのだ。

「きたきた。ファスタ、始めるよ」

「いつでも」

「必殺、ろーかるえりあさなえちゃんねる！」

早苗の膨大《ぼうだい》な霊力が周辺に広がっていく。この場所での早苗の役目はファスタ達の目になる事だった。実はこの場所の周辺には狙撃や砲撃《ほうげき》を担当する者達が潜《ひそ》んでいる。そういう者達に、上空の『早苗さん』が霊視《れいし》した戦場の情報を『早苗ちゃん』経由で共有する事で、素早《すばや》く統一した攻撃を繰り出す事が出来るのだ。

「どう？」

「助かる。これならターゲットが絞り易い」

ドコンッ

ファスタが愛用している狙撃銃《じゅう》が火を吹《ふ》く。彼女は状況《じょうきょう》に応じて複数の銃を使い分けるが、今使っているのはいわゆる対物ライフルで、数キロ先の装甲《そうこう》目標を撃《う》ち抜く威力がある。彼女が放った銃弾《じゅうだん》は狙い過《あやま》たず、砲撃を繰り返していた対空砲《たいくうほう》を撃ち抜いた。

「命中。使ってた人が離れていくから、使えなくなったんだと思う」

「次だ」

「待って、あんたの狙撃に気付いた人が居る。この人」

ファスタは見事に対空砲の一つを沈黙《ちんもく》させた訳だが、敵兵の中に一人、彼女の狙撃に気付いた者がいた。その兵士は反射的に身を翻《ひるがえ》し、おおまかにだがファスタに銃を向けていた。その殺気を感じ取り、早苗は警告を発した訳だった。

「移動する？」

狙撃や砲撃の基本は、やはり敵に位置を悟られない事だ。それには攻撃後に移動するのが一番安全だった。

「いや、仲間に情報が伝わる前に倒す」

ファスタは素早く銃を持ち替《か》えると、再びスコープを覗き込む。本来乱戦の中のたった一人に狙いを定めるのは困難だが、早苗が霊力で誘導《ゆうどう》しているのですぐに照準が合った。ファスタは大きく息を吐《は》き出しながら狙いを定めると、トリガーを引き絞った。

ドンッ

射撃音《しゃげきおん》は先程《さきほど》のものよりも小さかった。対人用のライフルなので、音だけでなく威力も小さい。その分だけ射撃時に銃口《じゅうこう》から発する光も小さくなるので、目立ちたくない時はこちらが有利だった。

「命中。胴体《どうたい》の真ん中に当たって気絶したよ」

「そうか。では次だ」

銃弾はファスタの為に用意された特別製で、弾丸《だんがん》自体は防御用の歪曲場で止められてしまうのだが、そこに込められた霊力が歪曲場を擦《す》り抜けて標的を昏倒《こんとう》させる。当たり所が悪いと死んでしまう事もあるが、彼女の腕《うで》ならその心配はなかった。

「えっとねー、次はこの大砲《たいほう》」

「了解だ」

ファスタは再び対物ライフルを手に取り、早苗が指示した新しいターゲットを狙う。

「ちょっと待って、今のなし」

「どうした？」

「その辺はこっちの大砲チームが撃つって」

ドドドドドドドッ

ファスタがスコープで覗いていた先に、多数の砲弾が降り注いだ。すると早苗がそこに感じていた幾《いく》つかの命が順番に消えていく。それはファスタにも伝わっていた。

「……………ごめんね、ファスタ」

「いや、これが戦争だ」

「うん……」

ファスタの銃弾は人を殺さない。それは直接味方を殺さないで済むようにという配慮《はいりょ》だった。だが他の者の武器までそうである訳ではない。この規模の戦いで、相手を殺さずに済ませるのは困難だ。その為の装備も足りない。孝太郎の指揮下の部隊はアライアの理想に従って必要以上に敵を殺さない傾向《けいこう》にあるが、どうしても幾らか犠牲《ぎせい》が出てしまう事は避《さ》けられなかった。

「早く終わると良いね？」

「ああ。私もそれを思わない日はない」

チャキッ
再び銃を構えたファスタからは動揺《どうよう》は感じられない。彼女は分かっているのだ。これは彼女達《たち》の側が始めた戦争であると。そして何より、彼女は恩返しという言葉で、その罪から目を逸《そ》らし続けているのだと。

歩兵が相手なら静香が変身する必要はない。その身に纏《まと》ったアルゥナイアの魔力《まりょく》だけで対処できる。だが相手が戦車だったり、歩兵支援《しえん》用の機動兵器――戦車とヘリコプターの中間のような役割の飛行型自動兵器――だったりすると話は異なる。彼女は姿を半竜《はんりゅう》半人に変え、その強大な力を振《ふ》るっていた。

『この機械には人は乗っていないようだ』

「相手がっ、金属の塊《かたまり》だって、分かってるとっ、気楽でいいわっ！」

静香はそう言いながら繰り返し機動兵器を殴《なぐ》り付ける。そのほっそりとした見た目とは裏腹に、彼女の腕はまるで機動兵器の装甲を紙屑《かみくず》か何かのように簡単に引き裂《さ》いていく。彼女の力は強大なので、安易に人間を攻撃すると簡単に死んでしまう。力加減が難しいので、彼女は基本的に大型の兵器類を相手に戦っていた。もちろん、それこそが彼女に求められた戦いでもあった。

『大家さん、少し前に出過ぎです』

「ごめんごめん、気を付ける」

そんな静香に続くのが孝太郎だった。孝太郎とティアを乗せたウォーロードⅢ改は敵の砲撃やミサイルを撃ち落としながら前進し、さらに後続の歩兵部隊の前進を助けている。孝太郎はシグナルティンの魔力のおかげで歩兵への対応も得意なので、静香とウォーロードⅢ改で最前列を支えている格好だった。戦車の役割に近いと考えていいだろう。

「出過ぎなのは貴方《あなた》もよ、里見さん！」

『そうですか？』

「そうよ！　忙《いそが》しいったらないわ！」

そして役割だけでなく、弱点もまた戦車に近いものだった。静香は違うのだが、ウォーロードⅢ改は全長五メートルの巨体《きょたい》だ。当然死角は多く、敵はそちらからの攻撃を狙って回り込もうとして来る。今もそうで、その死角を守っているナナは大忙しだった。その小さな手に専用の拳銃《けんじゅう》オーヴァー・ザ・レインボゥを携《たずさ》え、孝太郎の死角を守るべく跳《は》ね回っていた。

「ちょっとは感謝して欲《ほ》しいわ！」

この時も二人の兵士を撃ち倒したところだった。やはり孝太郎を倒して名を上げようという輩《やから》は少なくなく、通常の戦場ならありえない、自爆《じばく》めいた特攻《とっこう》を仕掛けて来るケースが目立っていた。

『してますしてます』

「……まったく、ベルトリオン卿《きょう》相手にそんな物言いを……」

「連隊長！」

そして孝太郎達《たち》が切り拓《ひら》いた道を追ってやってくるのが、ネフィルフォランが率いる地上部隊だった。彼女らが最前列を押《お》し上げる事で、後続の砲戦《ほうせん》部隊や情報戦部隊といった近接戦闘《せんとう》に向かない部隊も前進できるようになる。また彼女らがやってくるとナナの忙しさが少しだけ緩和《かんわ》されるのも特徴《とくちょう》だった。

「副長、連隊長は副長が青騎士《あおきし》閣下相手に暴言を吐くと体面が悪いから、ちょっとおかんむりです」

「そう思うならみんなも手伝って。里見さんが旗なんか揚《あ》げるから、敵がいっぱい集まってくるのよ」

「またそういう事を………」

頭を抱《かか》えるネフィルフォランをよそに、兵士達は順調に敵兵を排除《はいじょ》していく。おかげでナナも一息つく事が出来るようになっていた。兵士達はひとしきり敵の排除が済むと、今度は後方に待機させていた部隊全体を保護している歪曲場発生装置や各種装備の運搬《うんぱん》車両を移動させる。そうやって少しずつ歩を進めていくのが、この時代の戦いの基本的なスタイルだった。

「ねえ、里見くーん、次は――」

『シズカ！』

一番前に居た静香が今後の事を相談しようとした、その時だった。僅《わず》かに動きが止まっていた静香の身体に、何処からか飛来した砲弾が炸裂《さくれつ》した。

ドンッ

「きゃあああぁぁぁぁっ⁉」

その砲弾は敵の歩兵部隊に随行《ずいこう》している機動兵器のランチャーから発射されたものだったので、半竜半人状態の静香を傷付けられるほどの威力《いりょく》はなかった。だが爆発《ばくはつ》で視界は塞がれているし、衝撃《しょうげき》や痛みが全くない訳でもない。静香はその場に倒れ込《こ》み、身動きが取れなくなった。

「大家さん！　くそっ！」

孝太郎は倒れた静香を守るべく慌《あわ》ててウォーロードⅢ改を走らせる。だが彼女の傍《そば》へ辿《たど》り着く前に、砲弾が二発三発と静香に降り注ぐ。その度に彼女は跳ね飛ばされ、悲鳴を上げる羽目になった。

「ティア、迎撃出来ないのか⁉」

傷付かないにせよ、静香が連続で攻撃を受けている光景は楽しいものではない。それは静香自身にとってもそうだろう。孝太郎は何とかして静香を守ろうと必死だった。

「向こうの砲弾が小さ過ぎる！　この距離《きょり》で対人兵器の迎撃は無理じゃ！」

「撃ってる奴《やつ》を狙えないのか⁉」

「角度が悪くて無理じゃ！　あの建物の向こうから撃って来ておる！」

静香を攻撃している敵は、孝太郎とティアの位置からは見えていなかった。熱源の反応が建物の向こう側にあるのは分かっているのだが、位置関係が悪く直接攻撃が出来る場所ではなかった。

「ともかく前に出て――――って、おおっ？」

ティアが苛立《いらだ》ち交じりに前進するように言いかけた、その時だった。

ドンッ
問題の建物の向こう側で大きな爆発が起こった。その直後、熱源の反応が急激に衰《おとろ》え消えていく。静香を攻撃していた機動兵器が爆発したのだ。

「一体何が起こった？」

「分からん。敵が爆発したのは確かなようじゃが」

「ごほっ、ごほっ、さ、早苗ちゃんと、ファスタさんよ。狙撃して、助けてくれたの」

爆発の原因はファスタの狙撃だった。早苗がいち早く静香の危機に気付いて、ファスタに狙撃を頼んだのだ。

『大丈夫ですか、大家さん！』

駆け寄った孝太郎はウォーロードⅢ改の盾で静香を覆《おお》い隠す。

「ごほっ、酷《ひど》い目に遭ったけど、大丈夫。あとで二人にお礼を言っておかないと」

『そうですか、良かった……』

静香が笑顔《えがお》を見せた事で、孝太郎は大きく安堵《あんど》した。やはり大丈夫と分かっていても、あまり気持ちの良い光景ではなかったから。

『だから儂《わし》は言ったのだ。もっと防御へ魔力を使おうと』

「いいのっ、必要最低限で！　怪我《けが》も無かったんだし！」

幸い怪我もないようで、静香は自身の無事を確かめるように身体を動かしていた。それを確認《かくにん》した孝太郎は改めて視線を爆散した機動兵器、そしてそのずっと向こうにある高台に向ける。

『それにしてもよくあの位置から狙撃してくれたもんだ』

孝太郎は感心半分、呆《あき》れ半分といった調子で溜《た》め息《いき》をつく。距離《きょり》は明らかに二キロ以上ある。フォルトーゼの超《ちょう》遠距離用の銃と早苗の霊力の支援があっても、一発で仕留めるのは相当難しい距離である筈だった。

『フン、このぐらいわらわにも出来るぞ』

『……なんで怒《おこ》ってるんだ？』

『知らんっ、馬鹿者めっ！』

チュイー

不思議と機嫌《きげん》が悪いティアだったが、自分の仕事は忘れていない。対空用のレーザー砲《ほう》を撃って複数の敵機を撃墜《げきつい》する――筈だったのだが。

『ムッ?』

『どうした?』

『一機逃《に》げられてしもうた』

『出来てないじゃないか』

『そうではない! 向こうがかなりの手練《てだ》れなだけじゃ!』

ティアの砲撃は最後の一機を撃ち漏《も》らした。その一機は適切な回避《かいひ》運動をしながら、味方の無人機を上手く盾に使って前進して来ていて、撃破《げきは》に必要な量のレーザーを照射し続ける事が出来なかったのだ。

『……悪かった、ティア』

唐突《とうとつ》に孝太郎はティアに詫《わ》びた。

『へっ?』

脈絡《みゃくらく》のない言葉に、ティアは目を丸くする。

『お前が正しい』

そして孝太郎は厳しい表情を浮《う》かべる。この時、孝太郎の霊能力《れいのうりょく》の感知範囲《はんい》に知っている気配が飛び込んで来ていた。そして同時に孝太郎は納得《なっとく》した。だからティアは撃ち漏らしたのだ。

『ラルグウィンが出てきたんだ』

「なんじゃと⁉」

『その通り！　久しいな、青騎士《あおきし》！　そしてティアミリス皇女！』

通信装置からラルグウィンの声が飛び出してくる。孝太郎の読み通り、ティアが撃ち漏らした機体にはラルグウィンが乗っていた。

『今日こそ叔父《おじ》上の仇《かたき》を討《う》たせて貰《もら》うぞ、青騎士！』

『そうはいかない！　お前を倒して、戦いに終止符を打つ！』

接近して来るラルグウィンの戦闘機を睨《にら》み付けながら、孝太郎はウォーロードⅢ改に剣と盾を構えさせる。この局面で出て来るという事は、余程《よほど》の事情があるか、それとも自信があるか、あるいはその両方だろうと思われた。ティアが撃ち漏らしたのも頷ける、油断ならない敵だった。

孝太郎がラルグウィンの気配に気付いたのと同じ頃、上空で戦う『お姉ちゃん』もただならぬ気配を感じ取っていた。だから『お姉ちゃん』は操縦桿《そうじゅうかん》に大量の霊力を注《そそ》ぎ込みながらオオヒメを一気に方向転換《てんかん》させた。

「急にどうしましたの⁉」

砲手席《ほうしゅ》にいたクランはこの突然《とつぜん》の方向転換に驚き、攻撃《こうげき》中だった敵を見失った。しかしすぐにクランはその敵機を追うように、制御《せいぎょ》下の無人機に命令を出した。

「アイツがいるの！　灰色のアイツ！　放っておいたら大変な事になる！」

この突然の方向転換は『お姉ちゃん』が灰色の騎士を発見したから起こった。事情を聞くとすぐにクランの表情に理解の色が走る。その事情なら彼女も納得だった。

「そういう事ですのね！　場所は⁉」

「あの辺！　ドーナツの近く！」

それはドーナツ状の領域のすぐ傍だった。いつの間にかその場所に小規模な部隊が姿を現していた。その部隊は数体の人型兵器が主力となる構成で、その中の一つから混沌の渦の気配がしていた。

「ベルトリオンッ、灰色の騎士が出ましたわ！」

クランは追加の無人機を放出しながら孝太郎に連絡《れんらく》する。独断で攻撃するには危険過ぎる相手だった。すると思わぬ返答が来た。

『クランか⁉　こっちはラルグウィンだ‼』

「勝負に出て来ましたわね！　多分そちらが陽動で、本命は部隊の救出に違《ちが》いありませんわ！」

『だろうな！　だが戦いに出る以上、この機会に俺の首を取りたいだろう！　ティアも一《いっ》緒《しょ》に乗っているしな！』

ラルグウィンは仇討《あだう》ちを口にしていたが、孝太郎達はそうではないと考えていた。孝太郎達の目標が自分だと気付いたラルグウィンは、あえて前に出て陽動を担当し、灰色の騎士が味方の救出に向かったのではないか――孝太郎とクランはそのように考えていた。要するに、孝太郎が自身を囮《おとり》に使ったのと同じ手できたのだ。そして実際、孝太郎達には灰色の騎士を追う為の増援《ぞうえん》を送る余裕《よゆう》はなかった。

「オオヒメで迎撃《げいげき》に向かいたいのですけれど、キィ、どう思いまして⁉」

灰色の騎士がドーナツ状の領域から味方を救出すれば、ラルグウィンがこの戦場に留《とど》まる理由がなくなる。この劣勢《れっせい》の状況から大逆転を狙《ねら》う程、ラルグウィンはギャンブラーではない筈《はず》なのだ。だからクランはこのままオオヒメを使って灰色の騎士を攻撃するつもりでいた。

『やはり放ってはおけないだろう。ただし相手が相手なので撃破までしなくて構わない。地上部隊の晴海達と連携《れんけい》して、時間稼《かせ》ぎを頼みたい』

灰色の騎士の特殊性《とくしゅせい》を鑑《かんが》みると、クランと『お姉ちゃん』だけでは危険だった。そこでラルグウィン側の救援《きゅうえん》部隊の背後から迫《せま》る晴海達と連携して、灰色の騎士の足止めを狙うのが妥当なラインだろう、というのがキリハの結論だった。

『俺《おれ》達はその隙《すき》にラルグウィンを捕まえろって事だな』

「そういう事ですわね！　頼みますわよ！」

稼いだ時間でラルグウィンの身柄《みがら》を確保出来れば、捕《と》らえている敵兵は逃がしても構わない。元々ラルグウィンを捕らえる為の戦いなのだ。あるいは残る兵力で灰色の騎士を攻撃しても良いだろう。どちらにせよ孝太郎達がいかに素早く目標を達するのかが、勝負の分かれ目となっていた。


あえて前に出て身を晒したラルグウィンではあったが、いきなり距離を詰《つ》めるような事はしなかった。この状況で孝太郎達が考える事は明らかなので、ラルグウィンは地上へ降下して一旦《いったん》身を隠《かく》していた。

「あやつの機体は戦闘機に見えたが……どうやら地上での戦いにも対応しておるようじゃな」

ティアが唸《うな》る。ウォーロードⅢ改は複座に改造されたが、やはりコックピットは狭《せま》い。孝太郎からは彼女の不機嫌《ふきげん》そうな顔がよく見えていた。

「俺達に勝つ為《ため》の工夫《くふう》か？」

「多分、我らの戦い方に対応する機体を作って来たのじゃろうな。厄介な相手じゃ」

戦いの天才であるティアだから、ラルグウィンが持ち出してきた新たな機体の能力がおおよそだが分かっていた。空戦と陸戦を共にこなす能力がなければ、孝太郎達とは戦えない。ティアと孝太郎を同時に相手にする事を考えれば分かり易いだろう。そしてもちろん他の少女達に対抗《たいこう》する為の能力も装備していた。

「早苗、どうだ？」

『わかんない。気配が消えちゃった』

『恐《おそ》らく霊子《れいし》力遮蔽《しゃへい》装置だろう。ラルグウィン様は研究を進めておられた』

おかげで早苗の霊能力をもってしてもラルグウィンの位置が特定出来ていない。ラルグウィンは出撃直後に存在をアピールした後、その気配を絶っていた。装備されている霊子力の遮蔽装置は完璧《かんぺき》ではなかったが、ラルグウィンと他の兵との区別がつかないようにするのに十分な性能はあった。恐らく、魔法《まほう》に関しても似たような対策がある事は想像に難《かた》くなかった。

「………追い詰められても無策で出て来るような甘《あま》い相手ではない、か………」

この状況においてもラルグウィンは周到《しゅうとう》だった。いつの間にか孝太郎達が時間に追われる状況となっており、逆転とまでは言わないまでも、孝太郎達の思惑《おもわく》通りの結末に至るかどうかは分からなくなっていた。そしてそれに一役買っていたのが、やはり灰色の騎士の存在だった。

――――このタイミングで灰色の騎士が出て来るとはな………。

正直に言うと、孝太郎は驚《おどろ》いていた。灰色の騎士やグレバナスは、ラルグウィンとの関係がきな臭《くさ》くなってきているという話だった。だから孝太郎はここで灰色の騎士が出てくるとは思っていなかったのだ。

――――灰色の騎士の狙いが読めないのは厄介だが………いや、今はラルグウィンの事に集中しなければ！

灰色の騎士の行動に不気味さを感じていた孝太郎だったが、軽く頭を振って気持ちを切り替える。急いでラルグウィンを見付けない事には、その灰色の騎士が捕らえている兵士達を助け出してしまうだろう。

「ティア、お前がラルグウィンの立場なら、こういう時どうする？」

「……………身を隠したまま、敵が焦《じ》れるのを待つ」

「俺《おれ》やお前を狙うとは考えられないか？」

「それはあくまで二次的な目標じゃろうな。あやつは優先目標を見誤るような、甘い相手ではなかろう」

「地道に捜《さが》すしかない訳か」

「ルースの頑張《がんば》りに期待じゃな」

現状では眼前の敵を排除しながら、周辺をしらみつぶしに探りラルグウィンを見付けるしかない状況だった。だが悪い事ばかりではない。先日のブリンクビーストとの戦いを踏《ふ》まえて、ルースは姿の見えない敵を捜す為の超小型《ちょうこがた》無人機の群れを用意していた。今はそれを広い範囲に拡散してラルグウィンを捜している。クラン達が難しい状況にある事が分かっているので気持ちが焦《あせ》るばかりだが、ここは我慢《がまん》するしかなかった。

そのクラン達と灰色の騎士の戦いは、孝太郎達とは逆の構図が出来上がりつつあった。灰色の騎士は早々に勝負を決めて捕らえられている兵士達を解放せねばならなかった。そうしなければラルグウィンがいつまでも撤退《てったい》出来なくなってしまう。それに対してクラン達は戦いを引き延ばせばいい状況だった。

「ねえメガネっ子、こんなにバカスカ攻撃しちゃって大丈夫なの!?」

「正直に言うと大丈夫ではありませんわ！　でも他の手よりはずっとマシでしてよ！」

この状況で彼女達が取った作戦は、全力で攻撃するというシンプルなものだった。もちろん接近は危険なので、距離を保った状態での攻撃に限られる。だが元々強力な『お姉ちゃん』の霊能力を埴輪達が増幅《ぞうふく》し、しかも霊子力ジェネレーターの補助があるので、オオヒメの霊子力砲は遠距離《えんきょり》でも十分な威力を発揮していた。またクランが遠隔《えんかく》操作している無人機が背後に回り込むような形で援護《えんご》しているので、回避するのも難しかった。だがその反面、弱点もあった。相手が灰色の騎士という事で、半端《はんぱ》な攻撃では抑《おさ》えきれない。だがそこでクラン達は全弾撃《う》ち尽《つ》くすかのような勢いで攻撃を続けていた。このまま続ければそう長くはもたないだろうと思われた。

「霊子力砲と無人機……早苗とクランか！　この火力でゴリ押しして、地上部隊の前進を待つつもりか！」

灰色の騎士は舌打ちする。クランの狙いが晴海率いる地上部隊が合流するまでの時間を稼ぐ事であるのは明らかだった。現時点で灰色の騎士が率いる救援部隊を攻撃しているのは、オオヒメとクランの無人機だけだ。足が遅《おそ》い地上部隊はまだやってきていない。それが近付く為の時間さえ稼げれば、ミサイルや砲弾《ほうだん》など使い切っても構わない。その後は地上兵力と一緒に弾切《たまぎ》れがないレーザー砲や何かで攻撃すれば十分だからだ。

——霊力で負けている問題がここで効いて来たか……。

灰色の騎士は早苗が二人になった事を警戒《けいかい》していた訳なのだが、早苗がオオヒメを持ち出した事で、霊子力ジェネレーターと埴輪達による増幅が似たような問題として立ちはだかった。霊力の総量で負けている事への対策は既《すで》にグレバナスに依頼《いらい》してあったが、敵はその完成を待ってはくれなかった。

——混沌《こんとん》の力でねじ伏《ふ》せる手もあるが……そうすると兵士達の救援に手が回らなくなる……どうしたものか……。

灰色の騎士はドーナツ状の領域に捕らえられた兵士達を混沌の渦《うず》の力で救い出そうとしている。それだけの人数を一気に救い出して逃走《とうそう》する方法は他にはない。だが捕らえられている兵士の人数は千人近くに及《およ》び、他にも戦場にはラルグウィンが率いる二百余りの増援がいる。その全てを逃がすとなれば、かなりの量のエネルギーを渦から引き出さねばならなかった。そうなると今の段階で混沌の渦の力を使ってしまうのは非常に危険な行為《こうい》だと言える。扱《あつか》うものが混沌のエネルギーである以上、限界を超《こ》えれば灰色の騎士とて存在を保てる保証がないのだった。

「やれるだけやってみるしかない。済まんなラルグウィン、どうやらそっちを助ける余裕はなくなりそうだ」

灰色の騎士は覚悟《かくご》を決めた。全てを満たす理想の道がある筈だという甘い考えを捨て、可能な限り良好な結果を得る道へと考えを改めたのだ。

――そうだとも、そもそもそれ故に混沌の力を手にしたのだろう？

灰色の騎士は自身が搭乗《とうじょう》している人型の兵器に剣《けん》を引き抜かせる。そしてその剣を両手で構えさせた時、灰色の騎士の心にはもう迷いはなかった。

ラルグウィンの機体を発見したのは、意外にもネフィルフォラン隊の兵士だった。発見したのは全くの偶然《ぐうぜん》で、そもそも彼《かれ》はラルグウィンが降下した場所から少し離《はな》れた場所を行軍中だった。通常の索敵《さくてき》中に破壊《はかい》された建物の瓦礫《がれき》の陰《かげ》を覗いた時、そこに隠されていたラルグウィンの機体を発見したのだ。

『ベルトリオン卿《きょう》、指揮下の部隊がラルグウィンの機体を発見しました！』

兵士はすぐさま上官に報告。その情報は最終的にネフィルフォランを介《かい》して孝太郎に伝わった。

「何処《どこ》ですか!?」

『今、位置情報を送ります！』

ウォーロードⅢ改のコックピットには戦況《せんきょう》を示す地図が表示されていたのだが、そこへ新たに赤い光点が表示される。そこはルースが超小型無人機を展開した領域の少し外側だった。

「こんな場所で何を？　というか、本物なのか？」

「わからぬ。単純な時間稼ぎか、はたまたわらわ達《たち》が隙を見せた時に側面から奇襲《きしゅう》をするつもりだったのか――――ともかく行ってみるしかなかろうな」

偽《にせ》の戦闘機《せんとうき》やバルーンを使っての撹乱《かくらん》、あるいは罠《わな》か。孝太郎達はラルグウィン側の策略を疑っていた。だが時間的な余裕もない。警戒しつつも孝太郎達は現場に急行した。

『ベルトリオン卿、続報です。エネルギー反応なし、敵機は完全に停止している模様』

孝太郎達が現場に向かう間も次々と情報は送られて来る。ラルグウィンの戦闘機はジェネレーターまで完全に停止していた。

「こちらの索敵を避ける為じゃろうか？」

孝太郎達の目から逃《のが》れるには、動力を切ってしまうのが手っ取り早い。動力を動かしている時に出る熱や各種ノイズはセンサーで拾い易い情報なのだ。

「いよいよ怪《あや》しくなってきたな……」

情報を得れば得る程、疑《ぎ》惑《わく》は深まる。孝太郎達は奇襲などに細心の注意を払《はら》いながら移動を続ける。そして孝太郎達が問題の地点に辿り着いた、その時だった。

『孝太郎！』

キリハの声が通信装置から飛び出してきた。いつも冷静な彼女にしては珍《めずら》しく、多少焦っているようだった。

『奴の狙いが分かった！　地下道だ！』

「地下道!?」

『そこの真下を地下道が通っている！　ラルグウィンは地下道で汝《なんじ》を迎《むか》え撃つつもりなのだ！』

時を同じくして、兵士達の手によってラルグウィンの新型戦闘機のコックピットがこじ開けられた。そこには誰《だれ》の姿もない。コックピットは、もぬけの殻《から》だった。

「まさかっ、この新しい機体を捨てたというのか!?」

キリハの言葉を聞き、もぬけの殻のコックピットを見てもなお、孝太郎には信じられなかった。ラルグウィンのこの一手は、あまりにも予想外過ぎた。

「じゃが理に適《かな》っておる！　我らは騙《だま》されたのじゃ！」

ティアの方はこの時点でラルグウィンの考えに追いつく事が出来ていた。残存兵力の大半は今もネフィルフォラン隊や晴海の部隊と交戦中で、この時点でラルグウィンが自由に使える兵力は少なかった。その状態では孝太郎達と正面からぶつかり合うのは危険だ。また新型機を使って奇襲したとしても、せいぜい孝太郎の首を取るのが限界で、軍事作戦としては敗北する事になるだろう。それで作戦そのものが成功してしまう程《ほど》の圧倒的《あっとうてき》な性能なら、そもそも最初から新型機で戦いを挑《いど》んでいるのだ。それに自らの命と引き換《か》えの奇襲攻撃《きしゅうこうげき》はまともな軍事作戦とは呼べない。軍事作戦として勝利する為には、十分な時間を稼いだ上で出来れば孝太郎の首を取り、なおかつ脱出《だっしゅつ》を成功させねばならないのだ。

そこでラルグウィンが目を付けたのが造船所の地下を走る地下道だった。そこなら大規模な部隊は展開できないから、兵力差の不利はなくなる。そして一番重要なのが脱出ルートとして使えるという点だった。地下道は様々な場所と繋《つな》がっているので、当然ドーナツ状の領域の地下へも行く事が出来る。そういう狙いを孝太郎達に気付かせない為に使われたのが新型機による出撃《しゅつげき》だった。あたかも新型機で孝太郎達と戦うかのように見せ、実は目的地は地下道。それすらも時間稼ぎに使い、ラルグウィンは地下道に降り立った。この先は地下で戦って時間を稼ぎ、出来れば孝太郎の首を取る。その結果がどうあれ、最後はそのまま地下道を抜《ぬ》けて捕《つか》まっている兵士達と合流、灰色の騎士《きし》の導きによって脱出する。勝算はそれほど高くはないだろうが、それでも他のやり方よりはずっと軍事作戦として成り立つ考え方だった。

『その通りだ青騎士《あおきし》！　貴様はまんまと騙されたのだ！』

「ラルグウィン!?」

『追って来るか？　それとも灰色の騎士のもとへ向かうか？　どちらでも構わんぞ！　既に一定の時間は稼がせて貰っているのだからな！』

ラルグウィンの言う通りだった。ラルグウィンが姿を隠した事で、孝太郎達は兵力を広い範囲に展開して捜さねばならなかった。そもそもそれで時間を使ったというのに、再集結して灰色の騎士のもとに向かうというのはあまりに時間の浪費《ろうひ》が過ぎる。今からではラルグウィンと灰色の騎士、その両方を取り逃がすリスクが果てしなく高まるばかりなので、それをする訳にはいかないのだった。

「どうするのじゃ、コータロー？」

「ラルグウィンを追う。癪《しゃく》だが、あいつだけでも捕まえなくてはな」

孝太郎達はラルグウィンの思惑通りに彼を追うしかなかった。結果的に見て、孝太郎達が『ラルグウィンは新しい機体で出てきたのだから、その機体で戦うに違いない』と思い込んでしまった時点で、ラルグウィンの策略に嵌《はま》っていたのだった。


孝太郎達は地下へ入ってから幾らも行かないうちに、ラルグウィンの姿を見付ける事が出来た。彼は十数人の兵士を従えて、孝太郎達を待ち構えていた。

「よく来たな、青騎士《あおきし》」

「罠に嵌りに来たぞ、ラルグウィン」

長い戦いを経《へ》て、孝太郎とラルグウィンは遂《つい》に向かい合う事となった。互《たが》いに大型兵器はない。地下道に入った時点で、歩兵が扱える武器とその支援兵器しか使えなくなったのだ。また兵士の数も絞《しぼ》られた。ラルグウィンが選んだ交戦地点は小さめの部品の集積地であり、二十人以下でなければまともに戦えない広さだった。その結果、最後の最後で接近しての白兵戦という、開戦当初とは真逆の結末へと向かっていた。

「罠？　ハッハッハッ、買いかぶり過ぎだよ、青騎士。流石《さすが》に手品の種が尽きた。これで精一杯《せいいっぱい》だ」

　ラルグウィンはそう言って苦笑《くしょう》し、肩《かた》を竦《すく》めた。孝太郎達を騙して地下へ引き込んだラルグウィンではあったが、彼の知略も流石にこの辺りが限界だった。迎撃側の構図は作れているが、兵力も武器も乏《とぼ》しい。捕らえられた兵士達を救い出す為に戦いを長引かせなければならないが、長引くと負けてしまう可能性が高まる。非常に危険な局面であり、いよいよラルグウィンも覚悟を決める必要に迫られていた。

「こっちもだ。だから提案がある」

「何だね？」

「降伏《こうふく》しろ、ラルグウィン」

「そういう訳にはいかない。これでも武門の家柄《いえがら》だ。戦わずに済ませる訳にはいかない。それに君は叔父の仇でもある」

　パチンッ
　ラルグウィンは手にしている銃《じゅう》の安全装置を解除する。ラルグウィンも騎士の生まれなので、気持ちとしては剣で挑みたいところだった。しかしあの青騎士を相手に剣で挑むのは蛮勇《ばんゆう》というものだろう。意地を曲げて銃を取ったラルグウィンだった。

「お前が嫌《きら》う、兵の犠牲が減るぞ」

対する孝太郎はまだ構えておらず、剣も腰《こし》に下がったままだった。だがその背後にいる静香とナナ、ティアと真希の四人は、既に臨戦態勢だった。

「それでも成《な》し遂《と》げなければならない事はある」

「……そうか」

チャッ
孝太郎は剣の柄《つか》に手をかける。その優美な白銀の剣が何であるのかを、ラルグウィンの兵士達は知っている。誰もが思わず注目し、息を呑《の》んだ。

ジャキッ
王権の剣、シグナルティン。フォルトーゼと皇家の至宝。幾多《いくた》の伝説を生み出したその一振《ひとふ》りは堂々たる動きで引き抜かれ、ラルグウィンとその兵士達に向けられた。兵士達は誰もが理解していた。青騎士《あおきし》とその剣に挑む事が、どれだけ無謀《むぼう》な挑戦《ちょうせん》であるのかを。それでも彼らは戦う事を選択《せんたく》した。ラルグウィンが戦うと言っていたから。

――確かに惜《お》しい男だ……ヴァンダリオンとは違う……。

兵士達が恐れながらも武器を構えたのを見て、孝太郎はそんな事を感じていた。既に多くの取り返しのつかない行為に手を染めているものの、ラルグウィンは明らかにヴァンダリオンとは違っている。ヴァンダリオンの兵士は彼を恐れていたから従っていたが、ラルグウィンの兵士は自ら戦う事を選んだ。今改めてそれを感じた孝太郎は、何故《なぜ》ファスタがラルグウィンを救おうとしたのかが分かったような気がした。

「私が青騎士を引き受ける。お前達は残りの四人を頼《たの》む」

「……御武運《ごぶうん》を、ラルグウィン閣下」

「お前達もな」

ラルグウィンは孝太郎に向かって一歩踏み出した。その指揮下の兵士達は積み上げられている部品やそれらが入った箱を盾《たて》にして銃を構える。彼らはそこから少女達に対する攻撃を行うつもりなのだ。

「お前が先頭に立って挑んでくるとは思わなかった」

孝太郎も剣を手に前に出る。ラルグウィンの攻撃の意思は明確だ。後一歩踏み出せば戦いが始まるだろう。

「結果論だ。貴様の首を取る唯一《ゆいいつ》の方法がこれだっただけだ」

「里見君、そんな事に付き合う必要はないわ」

真希が孝太郎の隣《となり》に並ぶ。彼女《かのじょ》の杖《つえ》は既に大剣《たいけん》に姿を変えており、孝太郎と一緒に斬《き》りかかるつもりだった。さっきは罠はないと言っていたが、ラルグウィンにはきっと罠の用意がある筈だ。そう考えた真希はラルグウィンに罠を使わせないように、速攻《そっこう》での決着を狙っていた。

「付き合おう、ラルグウィン」

「里見君⁉」

「藍華《あいか》さんは援護と後ろの連中を」

「マキ、気持ちはよう分かる。じゃがのう、これは騎士《きし》の作法。コータローをコータローたらしめる重要な要素じゃ。好きにやらせてやれ」

「………」

真希はティアに言われた事について一瞬《いっしゅん》考えを巡《めぐ》らせた後、手にした剣を杖の形に戻《もど》した。孝太郎の援護と兵士への攻撃には、魔法主体の方が良いという判断だった。

「礼を言うぞ、青騎士《あおきし》。これで叔父上の仇が討てるかもしれない」

「お前の本音が何なのかは、もう考えない事にしている」

「手厳しいな、青騎士」

ラルグウィンは苦笑する。確かにラルグウィンはヴァンダリオンの仇討ちの為に、乱戦ではなく先頭に立って孝太郎と戦いたいと考えていた。だが彼自身が先頭に立つ事には、他の計算もあった。青騎士ならそれに応じて、単騎《たんき》で突出《とっしゅつ》する形になるだろう、という計算だった。そこに孝太郎が気付いていたので、ラルグウィンは笑うのだった。

「この時代、騎士道を貫《つらぬ》くのはかくも厳しい事だ、ラルグウィン」

「そこには同意する。厄介《やっかい》な家に生まれてしまったよ」

そしてラルグウィンは銃口《じゅうこう》を孝太郎に向け、その胴体《どうたい》に狙いを定める。

「では――――行くぞ、青騎士！」

「勝負だ、ラルグウィン！」

ドンッ

ラルグウィンが発砲《はっぽう》したのは、孝太郎の言葉が終わった、まさにその時の事だった。

ギインッ

発射された弾《たま》は孝太郎の鎧《よろい》の表面を僅かに傷付けただけで、大したダメージにはならなかった。だが弾は孝太郎の鎧が発砲に合わせて発生させた防御《ぼうぎょ》用の空間歪曲《わいきょく》場を擦《す》り抜けて命中していた。

「里見君っ！」

次の瞬間《しゅんかん》、孝太郎の剣に真希の魔法が絡《から》みつく。剣の攻撃力《こうげきりょく》を上乗せする為に、電撃《でんげき》の攻撃魔法を宿らせたのだ。

孝太郎は短く息を吐《は》きながらその剣を大きく振《ふ》り回す。

「ひゅっ」

ビキッ

その一撃《いちげき》はラルグウィンの鎧の歪曲場に触《ふ》れたが、それを破るには至らない。撃《う》たれた直後で孝太郎の踏み込みが甘かったのと、鎧の歪曲場が強力であった為だった。

「……………恐ろしいな、その間合いでこの威力なのか」

孝太郎の攻撃を辛くもかわしたラルグウィンだったが、その威力には動揺《どうよう》を隠せなかった。鎧の歪曲場は通常より強力なものを装備してあったのだが、剣が掠《かす》っただけでそのエネルギーの多くを奪《うば》われてしまっていた。

「恐ろしいのはお互い様だ。さっきの言葉は根拠《こんきょ》のないものではなかったようだな」

孝太郎もラルグウィンの攻撃の危険さに驚いていた。

――――これは藍華さんの言う通りにした方がよかったのかもしれないな………。

ラルグウィンは孝太郎の戦い方を研究し、その対策を立てて挑んで来た。しかも対策には魔法や霊子力技術がふんだんに取り入れられている。例えば銃弾《じゅうだん》は霊子力技術で作られており、空間歪曲場を擦り抜けて来る霊力《れいりょく》の弾だ。しかも広い範囲に小さな弾がばらまかれる散弾《さんだん》であり、孝太郎でもかわし切れていない。また銃そのものにも魔法や霊子力技術で改良が加えられており、精度や発射の速さなどには目を見張るものがあった。更《さら》に言うとこの天井《てんじょう》が低くて狭い地下では、孝太郎はいつものように素早《すばや》く動き回る事が出来ない。だからもし孝太郎が油断をしていたら、先程《さきほど》の射撃《しゃげき》で多くの散弾が命中し、やられてしまっていただろう。

――この分だと、まだ奥《おく》の手《て》はあるな……気を引き締《し》めてかからなければ！

結果的に見て、ラルグウィンが前に出て戦う事が孝太郎の首を取る唯一の方法である、というのはハッタリでも何でもなかったという事になるだろう。孝太郎は剣を構え直しながら、やはりラルグウィンは油断ならざる敵であるという認識《にんしき》を強めた。

ダメージはなかったものの、孝太郎に命中打があった事はティア達にとっても驚きだった。そもそもまともに孝太郎と戦える人間など、エゥレクシス以来だろう。これはティア達を少なからず動揺させていた。

「……あの自信は根拠のないものではなかったのじゃな」

コンピューター経由で孝太郎にダメージが殆《ほとん》ど無い事を確認すると、ティアは再び射撃姿勢を取った。ちなみに彼女はコンバットドレスを使っていない。この場所では殆ど利点が無く、むしろ何もつけていない方が動き易《やす》かった。使っているのはコマンドグリーンの主武装であるアサルトライフルだけだった。

「でも里見さんの心配ばかりしていちゃ駄目《だめ》よ、みんな。同じ事は彼らについても言えるようだから」

ナナはラルグウィンと同じ危険性を、目の前の十数人の兵士達から感じ取っていた。彼女は遮蔽物に潜《ひそ》み安易に前に出ない兵士達に厳しい視線を向けていた。

「防御が固いのは確かなようじゃが……シズカが突《つ》っ込《こ》んで掻《か》き回せば、何とでもなるのではないかのう？」

「やりましょうか？」

ティアはナナの言葉を考え過ぎだと思っていた。アルゥナイアのパワーを内包した静香であれば、兵士達の防御を破れると考えていたのだ。当の静香も地下に降りて砲撃《ほうげき》の心配が要《い》らなくなったので、その辺りは楽観的だった。

「駄目です。幾《いく》つか罠があるみたいです」

真希はナナが言う危険の一部に気付いていた。静香の存在はずっと前から敵に知られているので、孝太郎と並行《へいこう》して、対策は考えられている筈だった。その彼らが遮蔽の陰に籠《こも》って出て来ない。それはつまり静香の前進を止める手立てがあるからだろう——真希はそれを疑って周辺の魔力《まりょく》を探《さぐ》ってみたのだが、案の定だった。

「罠？　どういうものじゃ？」

「心術系と変性系の魔力だから、幻覚《げんかく》とかガスとか……薄《うつす》ら死霊《しりょう》系の紫《むらさき》も見えるから、霊子力技術の絡んだトラップもありそうです」

「ひぇぇぇぇぇぇぇぇっ」

思わず静香の口から悲鳴が漏れる。内在するアルゥナイアのおかげで、静香を正面から止めようとすると大型の兵器が要る。だがその反面、幻覚や心理操作などへの耐性《たいせい》はそれほど高くはない。ゆりかの活躍《かつやく》を知っているだけに、静香はそうした魔法がどれだけ危険かがよく分かっていた。

「とはいえ、距離《きょり》を詰めないと倒《たお》せない訳なの。困ったわね」

この場所で戦うと決めたのはラルグウィン達だ。だから彼らはこの場所に運び込める最大サイズの防御システムを持ち込んでいる。それは部隊ごと保護する空間歪曲場発生装置を基本とし、手榴弾《しゅりゅうだん》やミサイルを自動的に迎撃するレーザー砲などの防御用の装備を満載《まんさい》している。罠と防御システムで身を守り、距離を保って撃って来ている訳なので、今のところティア達も敵兵にダメージを与《あた》えられていない。孝太郎の方も予断を許さない状況《じょうきょう》なので、早々に敵の防御を破る必要があった。

「あっ、おじさまの火炎《かえん》なら――駄目ね、ここじゃ」

『確かに儂《わし》が火を吐けば一撃だろうが、ここにいる全員が一撃だ』

「そうならないように加減しちゃうと、それはそれで普通《ふつう》に防がれちゃうもんね」

また部屋の広さ的に、安易に広域攻撃が使えないという悩《なや》みもあった。アルゥナイアの火炎がその典型例で、敵どころか少女達ごと丸焼けになる可能性が高い。そうでなくてもあっという間に酸欠で大変な事になるだろう。

「本当によく考えられた戦い方だわ。貴女《あなた》達がどう勝ってきたのか、それをよく研究されているのよ」

――よく研究されている？

ナナは自分のその言葉で閃《ひらめ》いた。確かに孝太郎や九人の少女達は、詳細《しょうさい》に研究されているだろう。恐らく有名な指揮官であるネフィルフォランもそうだろう。

――でも、私はどうかしら？

これまでにラルグウィン一派と交戦した時の事を思い出してみると、ナナは自分が通常の兵士として戦った事はあっても、全力で戦った事はまだなかったように記憶《きおく》している。

つまり――

「――――じゃあちょっとやってみましょうか」

ナナはそう言って小さく笑うと身に着けているコンピューターを操作する。

「ナナさん、何かお考えが？」

「真希さん、バックアップをお願い。……………最終安全装置解除！」

『その命令の実行には、解除コードが必要です』

「魔法少女レインボゥナナ、レイディアントエンジェル」

『コード承認《しょうにん》、最終安全装置を解除します』

ナナが解除コードを口頭で入力すると、彼女の身体が七色の光に包まれた。それと同時に彼女の義肢《ぎし》の各部が開き、大量の空気を吐き出し始める。この七色の光は彼女の義肢が全力で稼働《かどう》し始めた事を意味する。それによって発生する膨大《ぼうだい》な熱を放出しているのが、この大量の排気《はいき》だ。そして光と排気は更に強くなっていった。

「これはまだ見た事がない筈よね、貴方達《あなた》」

正直に言うとナナはこの姿があまり好きではなかった。非人間的なシルエットと能力に抵抗《ていこう》感があるのだ。けれど今はそれが必要であり、そしてこの姿を見ても少女達は変わらず接してくれる事を知っている。だからナナは躊躇《ちゅうちょ》なく起動した。

「本気で行くわよ、真希さん」

「……ついていけるように頑張ります。グレータープロテクション・フロム・ソウルエナジー」

真希は呪文《じゅもん》を詠唱《えいしょう》しながら嫌《いや》な予感がしていた。魔法少女レインボゥナナの本気は、かつて敵であった真希が誰よりも良く知っている。だから分かるのだ。これから真希は、とてつもなく忙《いそが》しくなる、という事が。

同じ頃《ころ》、クランも真希と同じく嫌な予感がし始めていた。だがクランの予感はより切実なものだ。オオヒメの実弾《じつだん》系武装の残弾《ざんだん》が残り少なくなってきていたのだ。

『クランちゃん、早苗ちゃん、残りの弾が十パーセントを切ったホー！　あと三十秒もしないうちに、霊子力砲《ほう》しか撃てなくなってしまうホー！』

『無人機の方もだホー！　それと無人機はエネルギー切れも近いホー！　もうすぐ浮《う》いているだけの箱になるホー！』

「まずいですわ！　この火力で支えているというのに！」

先程からオオヒメが一機で、灰色の騎士が率いる救援部隊の足止めをしていた。問題の

救援部隊の兵力は全長五メートルほどの人型兵器を中核《ちゅうかく》とし、十数名の地上兵力が周囲を固めている。それだけの兵力を一機で抑え込む為にクランが選んだ方法が、単純に全力で攻撃《こうげき》するというものだった。火砲《かほう》やミサイルを撃ち尽くす勢いで発射し、無人機も全機放出して全力での攻撃を命令。オオヒメは埴輪《はにわ》達《たち》の高機動重戦闘《せんとう》モジュールという触れ込みだが、その火力を最大限使った力技だった。味方の戦闘機隊が一緒《いっしょ》ならこんな無茶《むちゃ》は要らなかっただろう。だが彼らはネフィルフォラン隊や晴海隊の地上戦を支援《しえん》していたので、この場所には来ていない。しかも相手は灰色の騎士であり、半端な方法では足止めにならないだろう。だからクランは使えるものは何でも使い、全力で攻撃し続ける事を選んだ。

しかしその限界が近付きつつある。クランは焦っていた。

『随分《ずいぶん》似合わない攻撃をすると思っていたが、そろそろ限界が近いようだな、クラリオーサ皇女』

そしてクランの焦りは灰色の騎士に伝わっていた。早苗程《ほど》ではないが、灰色の騎士にも霊能力《れいのうりょく》が使える。灰色の騎士は少しずつ大きくなっていくクランの焦りを感じていた。

「今日はいつになく饒舌《じょうぜつ》ですわね。実は焦っているのは貴方《あなた》の方ではありませんの？」

『その通りだ。決着を急がせて貰《もら》うぞ！』

焦っているのは灰色の騎士も同じだった。彼には千人以上の兵士達を逃《に》がすという役目があるので、戦いではあまり混沌の力を使えなかった。クランと早苗を倒したが、兵は捕まったままですという訳にはいかないからだ。だから彼は待っていた。オオヒメの攻《せ》めが緩《ゆる》む、その時を。そして遂にその時がやって来たのだった。

「来ますわ！　サナエ、砲撃はもうあいつの機体だけで構いませんわ！」

「他はどうすんの⁉　もう弾が無いんでしょ⁉」

「その時はその時ですわ！　いざとなれば無人機をぶつけて止めましてよ！」

「りょーかぁぁぁぁぁいっ!!」

元気よく気合を入れ直すと『お姉ちゃん』は霊子力砲を連射した。現時点では霊力系の攻撃が灰色の騎士の弱点だと言える。その砲撃が全て集中した訳なので、灰色の騎士としては防御に専念せねばならなかった。

――――相変わらず素直《すなお》な攻撃だ………。

霊子力砲のビームは真《ま》っ直《す》ぐに灰色の騎士を追って来る。『お姉ちゃん』が霊力で誘導《ゆうどう》しているので回避《かいひ》した後は急激に曲がるものの、それ以外は基本的に最短距離を飛んでくる。おかげで忙しくはあるが、防げない攻撃ではなかった。

ドンッ、ドンッ

霊子力砲のビームは霊力の奔流《ほんりゅう》なので、基本的に空間歪曲場では防げない。防ぐ為には霊力が籠ったものをぶつけるのが効果的だ。この時は単純に盾で防いだ。灰色の騎士は全長五メートル程の人型兵器に乗っているが、その盾にも幾らか彼の霊力が通っているので普通の盾よりは効果的な防御が可能だった。盾は無事に二発のビームを防ぎ、残りは機体の機動性でかわし切った。

『今度はこちらからいくぞ！』

灰色の騎士は手にした剣を振りかぶる。これまではここで攻勢《こうせい》には出なかった。オオヒメの火力が十分だったからだ。だが今は違《ちが》う。反撃《はんげき》を挟《はさ》み込む余地があった。

「メガネっ子、来るよ！」

「霊子力フィールドと歪曲場を全開になさい！」

『分かったホー！』

『がってんだホー！』

灰色の騎士の機体が剣を振り下ろすと、その刃《やいば》から雷撃《らいげき》の魔法が飛んだ。雷《かみなり》は秒速百キロを大きく上回るスピードがある。脳が光ったと判断した時には既に命中している、そんな凄《すさ》まじい速度で雷撃はオオヒメに襲《おそ》いかかった。

ボンッ
灰色の騎士の一撃により、オオヒメの機体が大きく揺《ゆ》れた。電気や火炎といった属性系の攻撃に対して優《すぐ》れた防御力《ぼうぎょりょく》を示す霊子力フィールドをもってしても、その全てを吸収しきる事は出来なかった。

『直撃《ちょくげき》だホー！　よく落ちずに済んだホー！』

『航法装置をサブシステムに切り替《か》え、機動性が十二パーセント低下！　霊子力フィールド発生装置が機能停止、復旧まで十六秒！　次は耐《た》えられないホー！』

オオヒメは大きなダメージを受けていた。機体の各部で火災が起こり、装置類の多くに異常が発生していた。とりあえず飛んでいるのがやっとという有様だった。

『やはり弾が切れれば脆《もろ》かったな』

これは灰色の騎士にも、クラン達にも分かっていた事だった。十分な火力で押《お》していたからこそ、反撃の為《ため》に大きい魔《ま》法《ほう》を発動する暇《いとま》がなかった。また灰色の騎士が操《あやつ》る人型兵器の武器では『お姉ちゃん』が操るオオヒメの滅《め》茶《ちゃ》苦《く》茶《ちゃ》な動きを捉《とら》えられなかった。しかし弾が切れ始めた事で攻撃に隙《すき》が生じ、雷撃の魔法の発動を許した。覚悟の上ではあったが、結果的に大きなダメージを受けてしまっていた。

「くっ、サナエ、回避運動を！」

『その状態ではかわせん！　悪いが決めさせて貰うぞ！』

灰色の騎士は再び剣を振り被《かぶ》る。その剣に再び雷撃の力が宿り始めていた。

『これで終わり――――』

『集え、水の精霊《せいれい》。舞《ま》え、風の精霊。二柱の力を糧《かて》として、出でよ雷の精霊！　天空を支配せし雷神《らいじん》の怒《いか》りもて、我《わ》が敵を断罪せよ！』

『――しまったっ⁉　白銀の姫《ひめ》か⁉』

『光出《い》でよ！　雷神の煌剣《こうけん》！』

だが雷撃を浴びたのは灰色の騎士の方だった。飛来した純白の閃光《せんこう》は、灰色の騎士の機体に直撃した。攻撃の為に集めていた魔力を咄嗟《とっさ》に防御に転用したものの、晴海が放った雷撃は防ぎ切れなかった。

『ぐおおおぉおぉぉぉおっ⁉』

その強烈《きょうれつ》な雷撃は防御の為に差し出した人型兵器の右腕《みぎうで》を吹《ふ》き飛ばし、更には防電処理を突き抜けてコックピットの灰色の騎士を貫いていた。

「晴海っ、ないすたいみんぐっ！」

『遅くなってごめんなさい！　お二人共大丈夫《だいじょうぶ》ですか⁉』

「大丈夫ですわ！　ハルミ、本当によく来て下さいましたわ！」

晴海の登場により戦況は再びクラン達に有利な方向に傾《かたむ》いていた。晴海が来たという事は指揮下の部隊も来ているという事。流石に半分はネフィルフォラン隊の方に残して来ているが、それでも灰色の騎士が率いている兵力に倍する援軍《えんぐん》が到着《とうちゃく》していた。

『……………やはりこういう事になるか。もはや手段を選んでいる余裕《よゆう》はないな』

「みんなっ、気を付けて！　変なぐるぐるの力が増えて来た！」

そして晴海の到着が灰色の騎士に決断させた。完全勝利は望めない。では優先すべきは何なのか――――灰色の騎士は冷静だった。

「攻撃して来る――――いやっ、違った!?　なにこれっ!?」

「消えたっ、消えましたわ!?　何故このタイミングで!?」

灰色の騎士は忽然《こつぜん》と姿を消した。その場に救援《きゅうえん》部隊を全て残して。彼は一緒にやってきた部隊を全て放棄《ほうき》したのだ。そして――――

『みんな、あっちを！　彼の狙《ねら》いは千人の兵士達です！』

晴海は反射的に魔力の流れを追い、灰色の騎士の姿を見付け出した。消えた灰色の騎士の姿はドーナツ状の領域の中にあった。彼は指揮下の救援部隊を切り捨てた。そしてネフィルフォラン隊と交戦していた二百人の味方兵士も見捨てた。その代わりに千人の兵士を救う事にした。そして移動する数が減るのだから、事前に一度ドーナツ状の領域に自身をテレポートさせても十分な余力が残る。状況を冷静に見つめた彼は、千二百人全員を救う事を諦《あきら》め、二百余名を犠牲《ぎせい》にする事で千人を救う事を選んだのだった。

虹色《にじいろ》の光を纏《まと》ったナナは速かった。搭載《とうさい》されている動力のエネルギーを最大限利用する事で、人間の枠《わく》を超《こ》えた動きをする事が出来るのだ。それはかつて安全装置を解除した時よりも遥《はる》かに速い。もし真希の魔法で脳神経が強化されていなければ、自らがその速度をコントロールできない程の圧倒的な速度だった。

「虹《にじ》しか見えない……」

真希は呆《あき》れていた。彼女も目は良い方だったが、それでもナナの身体の動きについていけない。後に残された虹色の光の動きを追うだけで精一杯だった。だから真希は光の先に向かっておおまかに支援の魔法を飛ばしていた。ナナの速度は人間の扱えるようなレベルのものではないので、あらゆる強化でナナ自身を守ってやらねばならない。予想通り、真希はとても忙しかった。

『儂の目でもギリギリだ』

「壁《かべ》や天井を弾《はず》むように走ってるんだけど……私でもあんなの無理よ」

「信じられん。引っ掛《か》かった罠が機能する前に通り過ぎておるぞ」

安全装置を解除したナナが執《と》った作戦は、驚《おどろ》いた事に正面突破《とっぱ》だった。その圧倒的なスピードで、罠も兵器も、有無《うむ》を言わさず通り過ぎていく。そして時折天井や壁を蹴《け》って方向転換《てんかん》する。そうして彼女はあっという間に敵陣《てきじん》を通過し、後方に設置されていた防御装置に辿《たど》り着いていた。

「後はよろしくね、みんな」

彼女は事もなげにそう言うと、手にしていた拳銃《けんじゅう》――――オーヴァー・ザ・レインボウを連射した。彼女の銃には魔力の弾と霊力の弾を使い分ける機能がある。その両方を交互《こうご》に発射し、魔法と霊子力技術の双方《そうほう》で守られていた防御装置を破壊した。事前にナナの情報が得られていなかったおかげで、ラルグウィン一派にはそれを呆然《ぼうぜん》と見守る事しか出来なかった。

「分かったから、はよう戻って参れ！」

「ええ、そうさせて貰うわ」

だが代償《だいしょう》は大きい。やれるという事と、やって大丈夫かどうかはイコールではないのだ。限界を超えた力を使った事で、彼女の義肢そのものが限界を迎えようとしていた。排気には黒煙《こくえん》が混じり始め、虹色の輝《かがや》きも弱まりつつある。彼女はこの一瞬の出来事で戦う力を失っていた。もはや逃げ隠《かく》れするので精一杯だった。

ナナの活躍で少女達《たち》は膠着《こうちゃく》した状態を脱《だつ》した訳だが、孝太郎の方は難しい戦いが続いていた。やはり戦闘データは孝太郎のものが一番念入りに取られているので、ラルグウィンの対策は非常に高度なレベルだった。

「いける！　青騎士《あおきし》と戦えているぞ！」

ラルグウィンの目は孝太郎の動きについていっていた。霊力に関係する技術に関しては若干劣《じゃっかんおと》るので、孝太郎程《ほど》に正確に霊視《れいし》が出来る訳ではなかったが、鎧から自動的に投与《とうよ》される興奮剤《こうふんざい》を始めとした各種薬物でその差を大きく縮める事に成功していた。そして差が縮まれば、後は武器の工夫《くふう》で乗り切れる。孝太郎も流石に初見の武器は対応し辛い事と合わせると、ラルグウィンが瞬間的《しゅんかんてき》に孝太郎を上回る事は可能だった。

ドンッ

今がまさにそうで、盾と腕《うで》の隙間《すきま》に装備されていた単発のロケットランチャーが初めて発射され、孝太郎は回避が遅《おく》れてしまっていた。

――――こんな場所にランチャーだと!?

孝太郎も直前に発射の気配に気付いたものの、そこにランチャーがある事を知らなければ、効果的な対応は出来ない。孝太郎に出来た事は空間歪曲場やシグナルティンの防御力を引き上げて、耐える事だけだった。

ドコォォォォンン

そしてロケット弾《だん》は命中の直前で炸裂《さくれつ》する。直撃させた方が威力《いりょく》はあるが、孝太郎の機動性では避《さ》けられる恐《おそ》れがあった。また左腕《ひだりうで》装備のロケットランチャーでは命中率に不安が残るからという意味もある。そして孝太郎はロケット弾の爆発《ばくはつ》の衝撃《しょうげき》に襲われ、同時に視界を奪われた。

「ぐぅうっ、やるなっ、ラルグウィン！」

だが孝太郎は気付いている。ラルグウィンの攻撃はこれで終わりではない。反射的に剣《けん》を引き上げて防御態勢を取る。

「かつては絶望的な思いで見上げたその頂に、手が届いたぞ！　青騎士《あおきし》ぃっ！」

ガキィイィンッ

その直後、孝太郎の剣がラルグウィンの斧《おの》を受け止める。左腕のロケット弾で視界を奪いつつ、右腕の斧での一撃。武器の持ち替えが要らないからこその速攻、そして重量のある斧の一撃は、ロケット弾で弱っていた各種防壁《ぼうへき》を粉砕《ふんさい》した。もし孝太郎が剣を上げていなければ、この段階で孝太郎は倒れていただろう。

——しかしまた紙一重……伝説の英雄《えいゆう》とは、かくも高き山であるかっ‼　限られた環境《かんきょう》と人員で、多くの時間と地道な努力を積み上げ、ラルグウィンの手は確かに頂に届いていた。だが身体を引き上げ、その上に出るところまでには至らない。だがラルグウィンは落胆《らくたん》していなかった。彼《かれ》には最初からそうなると分かっていたのだ。

——今少し時間があれば……いや、そんな事は言っても無意味！　この局面で勝つのだ、ラルグウィン！　叔父上《おじうえ》ならそう仰《おっしゃ》る！

ラルグウィンは競争に負けたのだ。それは孝太郎達《たち》との競争ではない。グレバナス、そして灰色の騎士との競争だった。もう少し準備すれば孝太郎達を上回れる可能性は十分に有った。だがそれよりも早く、グレバナスの手元にカードが揃《そろ》ってしまった。だからラルグウィンはこのタイミングで成果を出すしかなかったのだ。青騎士を倒すという成果、あるいは『青騎士』を破壊《はかい》するという成果を。そもそも孝太郎に勝つ為に彼らと手を組んだ訳なので、それらに成功するという事は、手を切る根拠となるだろう。ラルグウィンは不利を分かっていてこの戦いに賭《か》けた。ならば勝ち切らねばならなかった。

ピー
ラルグウィンが決意を新たにした時、人工知能が戦闘中であるにもかかわらず新しい情報を提示してきた。内容的にそれが必要であると判断されたのだ。

――灰色の騎士《きし》が、捕獲《ほかく》された千人の兵士を救出……やってくれたか、灰色の！

それはラルグウィンが待ち続けていた情報だった。それだけに、いずれ敵になると分かってはいながら、灰色の騎士に感謝したい気持ちになっていた。だがそれも一瞬の事。再び気を引き締めると、孝太郎に鋭《するど》い視線を向けた。

「そろそろ決着を付けよう、青騎士《あおきし》」

「……なるほど、そういう頃合《ころあ》いだな」

同じ情報は孝太郎の方にも届いていた。ここまでのラルグウィンには戦いを長引かせたい事情があった。十分に時間は稼《かせ》いだと思いつつも、長引くに越《こ》した事はなかったのだ。だがこうなると決着を付けて撤退《てったい》しなければならない。孝太郎にも、ラルグウィンが最後の勝負に出る事が伝わっていた。

――さて、どうくるラルグウィン……。いや、ここはこちらから――

孝太郎は一気に前に出た。ラルグウィンは孝太郎と戦う為の準備をしている。ラルグウィンが先手を取れば、それを適切に選択して戦うだろう。だから孝太郎が先手を取る事でラルグウィンの選択肢《せんたくし》を減らそうというのだ。

「行くぞ、ラルグウィンッ！」

「来るか、青騎士！」

孝太郎が前に出ると、ラルグウィンは素早く武器を斧から銃に持ち替えた。孝太郎が前に出るという事は、魔法や射撃による遠距離《えんきょり》戦ではなく、シグナルティンで勝負に出るという事だ。何の仕掛《しか》けもなく真正面から斧で打ち合っても勝ち目がない。むしろ銃に切り替え、近寄らせないのが最良の策だと言える。そのラルグウィンの考えは正しい。だがこの局面においては、それこそが孝太郎が期待した選択肢の減少となった。

「こいつでっ、どうだあぁぁぁぁっ!!」

そしてここで孝太郎が選んだ攻撃の手段は意外なものだった。孝太郎が手にして振り被り、そのまま斬りかかっていくかに見えたシグナルティン。孝太郎はそれをラルグウィンに向かって投げたのだ。

「馬鹿な⁉　青騎士がシグナルティンを投げるだと⁉」

それはラルグウィンが想像もしなかった攻撃だった。孝太郎は伝説の英雄で、騎士の中の騎士。その騎士の魂《たましい》とも言うべき騎士剣《けん》を投げるという事が、ラルグウィンには想像出来ていなかった。フォルトーゼの人間であれば、仕方のない先入観と言えるだろう。もちろんそんなデータもないから、人工知能にも適切な行動が選択できなかった。単純に投擲《とうてき》武器に対する反撃にしかならなかった。

「桜庭先輩《さくらばせんぱい》っ、頼みます！」

『吹き荒《あ》れよ、風の精霊！　舞い上がれっ、水の精霊！　二柱の力纏いて、来たれ氷の女《じょ》帝《てい》、澄《す》み渡《わた》る氷河よ！　氷雪束ね凍《い》てつく槍《やり》と化せ！』

「そうかっ、シグナルティンの遠隔《えんかく》―――」

『貫け！　白銀の氷槍！』

確かにただ無意味に剣を投げたのであれば、騎士道やアライアへの冒涜《ぼうとく》となったかもしれない。だがシグナルティンは契約者《けいやくしゃ》が意のままに操れる。晴海は孝太郎が腕力《わんりょく》と霊力を込めて投げたシグナルティンの制御《せいぎょ》を受け取り、そこへ更に魔法の冷気を纏わせた。その結果、シグナルティンは強力な凍てつく槍と化した。それは騎士と皇女が力を合わせて放つ、必殺の一撃だった。

ドカアアァアァアァアッ
「うおぉおおぉおぉおぉおぉおっ！」

ラルグウィンは槍をかわせなかった。鎧も槍を迎撃《げいげき》しようとレーザーを撃ったが、突き進む氷の槍は止まらなかった。槍は正面からラルグウィンに襲いかかり、幾重《いくえ》もの防御を突き破《やぶ》り、その肩《かた》に突き刺《さ》さった。

ドシュウウゥウッ

肩に刺さった槍――――シグナルティンはそこで止まった。代わりに運動量を全てラルグウィンに移し、その身体を大きく後ろへ跳《は》ね飛ばした。その勢いは凄まじく、ラルグウィンは部屋の端《はし》まで吹き飛ばされ、そこでようやく止まった。

「……そ、そうか……シグナルティンは、そういう剣だったな……」

ラルグウィンはゆっくりと身体を起こすと、壁に寄り掛かるようにして何とか身体を支える。肩に剣が刺さったままなので、その表情は苦しげだった。

「悪いな、ラルグウィン。一騎討《いっきう》ちの筈《はず》だったのに」

孝太郎がそう言いながら手を前に出すと、剣はひとりでにラルグウィンの肩から抜《ぬ》け、孝太郎の手の中に収まった。ラルグウィンの傷は大きかったが、出血はしていない。傷口は一瞬で凍《こお》ってしまい、血は一滴《てき》も流れ出していなかった。

「白銀の姫は青騎士《あおきし》の力のうちだろう。気にしてはいない。それに俺《おれ》も、この最後の攻撃は完全に一人でやる攻撃とは言えないからな……」

「最後の攻撃だと？　……ハッ!?」

いつの間にか、ラルグウィンの手には小さな電子機器が握《にぎ》られていた。それが何であるのかは、すぐに鎧の人工知能が教えてくれた。安全装置のレバーとスイッチというシンプルな構造のそれは、爆発物《ばくはつぶつ》の遠隔起爆《きばく》装置だった。

「本来は撤退時に追手を防ぐ為の仕掛けだったんだが、貴様に対する攻撃としても使えるようになっている。この場所で天井ごと落とせば貴様でもかわせないし、上にある膨大な質量は貴様を倒す力があるだろう」

「そんな事をすれば、お前達も巻き込まれるぞ?」

「大丈夫だ。崩《くず》れるのはそちら側だけだからな。正確に言うと全体に仕掛ける時間が無かったんだが……この状況では、結果的にそれが良い方に働いたようだ」

ラルグウィンの最後の攻撃は天井の爆破《ばくは》だった。孝太郎と距離が近いと使えない攻撃だったのだが、幸い孝太郎が吹き飛ばして距離を作ってくれた。爆破すれば孝太郎達がいる側だけが崩れ、ラルグウィン達は地下道を逃げられる。いかに動きが速い孝太郎と言えども、これならただでは済まないだろう。

「お前は本当に大した奴《やつ》だ。ここまでしてくる奴は居なかった。それだけに残念だ」

「俺もだ。………ではさらばだ青騎士《あおきし》。貴様は本当に強かった」

カチンッ
多くは語らず、ラルグウィンはスイッチを入れた。悠長《ゆうちょう》に話している暇はない。孝太郎にしろティアにしろ、一瞬で戦況《せんきょう》を覆《くつがえ》す力がある。それを誰《だれ》よりも良く知っているのは他ならぬラルグウィンだ。だからラルグウィンはすぐにスイッチを入れ、孝太郎達に行動する余裕を与えなかった。だが――

「………やれやれ、起爆《きばく》しない、か………」

起爆のスイッチを入れても、爆発は起こらなかった。天井は健在で、孝太郎達には傷一つない。孝太郎達は地下に入った時から、天井を崩される可能性を考えていたのだ。そして当然、その対策は済んでいた。

「………結局貴様らは、最初から最後まで、俺の一手先を行ったか………俺の負けだ、青騎士………」

ラルグウィンは苦笑《くしょう》しながら起爆装置を投げ捨てる。ここまでされれば認めざるを得ない。ラルグウィンの完敗だった。

「いいや、ラルグウィン、お前は負けたんじゃない」

「何だと？」

もはやこれまでと、ラルグウィンは完敗した現実を受け入れ、目を閉じて身体から力を抜いていた。だが孝太郎のその言葉で、再びその目を開ける事となった。

「お前は彼女《かのじょ》に救い出されたんだ」

「一体何を言っている？　彼女とは誰の事だ？」

「………申し訳ありません、ラルグウィン様」

「ファスタ⁉　何故《なぜ》お前がここに――――」

　そしてその目が、孝太郎の背後にいた人物に向けられた時、ラルグウィンは全てを理解した。何故、全ての策が読まれ、先回りされたのか。何故、仕掛けたばかりの最後の爆発物にまで対処されてしまったのか。それは彼女――――ファスタが孝太郎達の側についていたからだったのだ、と。

「――――そういう事か。ふぅ………ファスタ、まさかお前が青騎士《あおきし》達の側についていたとはな。俺が勝てないのも当たり前だ………まさか人望の無さが敗因だったとは………俺も叔父上と同じ失敗をしたという事か」

　ヴァンダリオンの敗因は幾つかあったが、やはり最大のものは国民の支持を失った事だった。そしてラルグウィンはファスタの支持を失って負けた。それは非常に皮肉な結末であり、これも血筋かとラルグウィンは苦笑せざるを得なかった。

「逆だ。さっきも言ったが、お前は負けたんじゃない。彼女に救い出されたんだ」

「救い出された、だと？」

「その理由は、お前なら薄々《うすうす》分かっている筈だ。この状況であえて勝負を急いだ、お前ならな」

「………ああ………」

この時点でラルグウィンにもファスタが裏切った理由が分かった。何の事はない、ラルグウィンと同じ事を心配していたのだ。

――――そういえば、グレバナスや灰色の騎士と手を切るように進言してきたのは、ファスタだけだったな……。

裏切りではない。むしろ最高の味方であるからこそ、敵である孝太郎達を利用して、ラルグウィンをグレバナスと灰色の騎士から引き離《はな》した。ラルグウィン自身が危機感に駆《か》られて行動していただけに、ファスタの気持ちは分からなくもなかった。

「しばらくお待ち下さい、ラルグウィン様。すぐにお助けに参上致《いた》します」

「期待せずに待つとするよ。しばらくぶりに、ゆっくりと休みながらな」

ラルグウィンはそう言うと、再び目を閉じて身体から力を抜いた。ラルグウィンがヴァンダリオンと別れて地球に残されてから、一年あまりの時間が流れた。孤立《こりつ》したままそれだけの距離を走り続けたラルグウィンの戦いは、こうして一度幕を閉じたのだった。

ラルグウィンが倒された時点でも、まだラルグウィン一派の部隊は戦い続けていた。だがその数は大きく減っていて、およそ二百。彼らはドーナツ型の領域の外に居た者達で、大半が後半に投入された増援《ぞうえん》の部隊だった。彼らは仲間の為に粘《ねば》り強《づよ》く戦い続けていたのだが、ラルグウィンが捕《と》らえられた事が伝わると降伏《こうふく》した。ラルグウィンの人望があればこそ続いていた抵抗だったので、それはごく自然な成り行きだった。

そして大怪我《おおけが》を負ったラルグウィンは『朧月《ろうげつ》』に運び込まれた。今は意識がなく、緊急《きんきゅう》治療室《ちりょうしつ》で手術が行われている。やはり肩の傷は簡単なものではなかった。ファスタはその様子をガラス越しに眺《なが》めていた。

「本当にこれでよかったのかい、ファスタさん？」

そこには孝太郎と静香、早苗の姿もあった。残念ながら、ファスタを一人で自由にさせる訳にはいかなかった。孝太郎達は信じていたが、関係者全員が納得《なっとく》する訳ではない。これまでファスタによって死んだ皇国軍兵は決して少なくはないのだ。彼らの仲間にとっては、ファスタはいつまでも憎《にく》むべき敵だった。

「他に手はなかった。これでラルグウィン様は、しばらくあの二人から守られる」

あのまま放置していれば、いずれラルグウィンはグレバナスや灰色の騎士に取り込まれていただろう。だがこうして捕らえられた事で、ラルグウィンは二人と切り離された。反乱とテロの首謀者《しゅぼうしゃ》なので、高確率で死刑《しけい》になる事は分かっているのだが、その執行《しっこう》は一年以上先になるだろう。ラルグウィンが率いていた旧ヴァンダリオン派の情報を得る為に、すぐに死刑にする訳にはいかないからだ。また裁判やその為の調査にも時間は必要だった。その一年の間に、ファスタはラルグウィンを救い出すつもりでいる。それまでは皇国軍が彼女に代わり、グレバナスや灰色の騎士からラルグウィンを守る筈だった。

「……………すぐに、お迎《むか》えに参上致します」

ずっとガラス越しにラルグウィンを見ていたファスタだが、最後にそう呟《つぶや》くとガラスを離れ背を向けた。その様子から、早苗はファスタの意図を感じ取っていた。

「行くんだね、ファスタ」

「そうだ。これでお別れだサナエ、それにシズカも」

早苗の言葉にファスタはきっぱりと頷《うなず》いた。一度この場所を離れ、いずれ準備を整えてからラルグウィンの奪還《だっかん》を行うつもりなのだ。すると静香は心配そうな表情を浮かべ、ファスタに歩み寄った。

「………止めても、無駄《むだ》なのよね？」

「ああ。とりあえずあの方の魂は守られたが、今度は命を守らねばならないからな」

ファスタはそう言うとちらりとラルグウィンの方に目をやった。本当はラルグウィンを置いていくのは辛い。だが責任は取らねばならない。このまま放置して死刑になるなど、あってはならない事だ。命懸《いのちが》けでラルグウィンを救い出す事でしか、彼女の責任は果たせないのだった。

「ファスタさん、君がここを出て一時間したら、俺達《おれたち》は君を敵として指名手配する。すぐに追手がかかるだろう。………残念だ」

孝太郎も残念でならなかった。この数日でファスタとラルグウィンの個人的な部分を知ったので、これまでのように単純に敵であると割り切る事が出来なくなっていたのだ。

「青騎士《あおきし》、残念も何も、初めからそういう取り引きだっただろう?」

気にしていないような口ぶりのファスタだったが、実は彼女も孝太郎達と同じような気持ちだった。彼女もこの数日で自分が何と戦っていたのか、それを深く理解した。これまで通り早苗や静香に銃《じゅう》を向ける事が出来るのか——今のファスタはもう、そこに自信が持てなくなっていた。

「……本当はさ、こういう風に言っちゃ駄目《だめ》なんだと思うんだけど………頑張《がんば》ってね、ファスタ」

早苗はそう言ってファスタの手を握り締《し》める。言葉は少なかったが、そこに込《こ》められた気持ちは多かった。

「そのつもりだ」

ファスタも小さく笑ってその手を握り返した。気丈《きじょう》にしていた彼女だが、やはり気持ちは隠し切れなかった。そして静香もそこに手を重ね、ファスタに笑いかける。

「ファスタさん、出来ればもう悪い事はしないでね？」

静香はもう、ファスタを敵だとは考えていなかった。年若い少女らしい、真っ直ぐなものの考え方だった。そしてそれは、ファスタのささやかな救いとなった。

「その約束は出来ない。脱獄《だつごく》の幇助《ほうじょ》は、いずれ必ずやる事になるからな」

「馬鹿っ！　それは悪い事のうちには入らないわよっ！」

そうやってしばらく別れを惜《お》しんだ後、ファスタは去っていった。見送りに出た三人は見えなくなるまでその背中を見つめていたが、彼女は決して振《ふ》り返らなかった。その決意に満ちた背中と足取りは、見えなくなるその最後の瞬間《しゅんかん》まで力強かった。

千人の兵達と共に基地へ帰還《きかん》した灰色の騎士から、グレバナスは事の顛末《てんまつ》を詳細《しょうさい》に説明された。それが済んだ時、グレバナスが示した感情は意外にも激しい怒りだった。

『何故《なぜ》攻め急いだのだ、ラルグウィン！　これでは台無しではないか！』

蘇生《そせい》後のグレバナスは、本来の彼よりも大分激しい人格となっている。これは蘇生者が持っていたグレバナスに対する誤ったイメージが流入した影響《えいきょう》なのだが、それでも普段《ふだん》の彼は理性的な人物だった。そのグレバナスが感情を剥《む》き出しにして激昂《げきこう》していた。

「あの女狐《めぎつね》共の罠《わな》に嵌《はま》ったようだ。手の込んだ罠だった」

灰色の騎士はファスタの裏切りを知らない。彼の視点では、単純にエルファリアやキリハの罠に嵌ったように見えていた。

『ええいっ、愚《おろ》か者めっ！　お前が捕《つか》まってしまえば、マクスファーン様の蘇生が出来なくなるのだぞ！』

ラルグウィンの本名は、ラルグウィン・ヴァスダ・ヴァンダリオン。先日死亡した内戦の首謀者、マーズウェル・ディオラ・ヴァンダリオンの甥《おい》にあたる。そしてヴァンダリオン家は、マクスファーンの血を引いている一族だ。だからグレバナスは彼をマクスファーン蘇生の生け贄《にえ》、あるいは材料として利用しようとしていた。その目論見《もくろみ》がラルグウィンの安易な攻撃作戦によって脆くも崩れ去った。だからグレバナスは激昂していたのだ。

――ラルグウィンは攻め急いだ、というよりもグレバナスのゴールが近い事に気付いていたのかもしれないな。そして俺の事も少なからず……。

灰色の騎士は今回のラルグウィンの強引《ごういん》な作戦が、短慮《たんりょ》から出たものではないと気付いていた。確かに作戦そのものは強引であったのだが、その中におけるラルグウィンの行動は終始冷静だったから。

「……それで、どうする？」

灰色の騎士はそんな本音を心の中にしまったまま、グレバナスに先の事を尋《たず》ねた。指導者であるラルグウィンが敵に捕らえられた今、グレバナスと灰色の騎士が旧ヴァンダリオン派に対して影響力を行使できる期間はそう長くはない。必ず後継者《こうけいしゃ》争いが始まり、ただの協力者であったグレバナスと灰色の騎士は排除《はいじょ》される運命にあった。何かをするつもりなら、今すぐに行動に出なければならなかった。

『無論助け出しに行く！　あれはマクスファーン様の大切なお身体なのだからな！』

マクスファーンの血を継《つ》いでいるヴァンダリオン家の人間の中で、存命中の成人男子はラルグウィン一人きりだ。だから現時点ではマクスファーンの新しい身体に最も適しているのはラルグウィンという事になる。ヴァンダリオンが存命であれば、心身共にマクスファーンによく似た彼が最有力の候補だったのだろうが、今はラルグウィンしかいない。何としてもマクスファーンを蘇生したいグレバナスだから、ラルグウィンを失う訳にはいかないのだった。

「………待つのは死刑か生け贄か、どちらにせよ死が待つばかり………同情するよ、ラルグウィン………」

捕まったままなら死刑。グレバナスに救い出されれば生け贄。ラルグウィンには無事に生き延びる可能性が殆《ほとん》ど無い。これには流石《さすが》の灰色の騎士も同情的だった。

「………しかし悲しむ必要はない。いずれは全てが原初の混沌《こんとん》へ還《かえ》る。生も死も、愛も憎《ぞう》悪《お》も………」

だが灰色の騎士はグレバナスの好きにさせるつもりでいた。灰色の騎士の目的からすると、ラルグウィンがどういう運命を辿ろうとも、大した違いはないのだった。


ファスタが『朧月《ろうげつ》』に居たのは僅《わず》か五日間。その間、彼女は居住区の部屋の一つを使っていた。そして彼女は去り、その部屋は無人となった。その部屋の掃除《そうじ》を買って出たのが静香《しずか》だった。暇だったし、大家という仕事の日常的な業務でもあったから。だが一番の理由はそれらではない。静香はファスタが去った事が寂《さび》しいのだった。

「ありがとね、二人とも。手伝って貰《もら》っちゃって」

「いいのいいの、あたし達も暇だったから。ねっ、孝太郎《こうたろう》！」

「俺の場合、暇はあまり自慢《じまん》にならんがな」

「暇そうですなあ、総司令なのに」

「ふふふっ」

ファスタの部屋の掃除には、早苗《さなえ》や孝太郎も参加していた。静香同様、多少なりともファスタと接点があった二人だった。やはり掃除は三人いると捗《はかど》った。早苗が大まかに掃除機をかけ、細かいところを静香が丁寧《ていねい》に掃除。孝太郎は主に高いところを担当。三十分も経《た》つ頃《ころ》には、部屋の掃除は殆ど終わろうとしていた。ファスタが去った時点でかなり綺麗《きれい》に掃除されていたので、殆ど時間がかからなかったのだ。そんな時、孝太郎は手を止めて立ち尽《つ》くしている静香の姿に気が付いた。その横顔がどこか悲しげで、気になった孝太郎は声を掛けていた。

「大家さん、どうかしましたか？」

「里見《さとみ》君………？」

一瞬驚《いっしゅんおどろ》いて目を丸くした静香だったが、すぐに小さく微笑《ほほえ》んで胸の内を明かした。

「………ファスタさんはラルグウィンさんを助け出せると思う？」

静香が考えていたのはファスタの未来だった。孝太郎達がラルグウィンを捕らえた後、ファスタは姿を消した。そしてきっとラルグウィンの傷が癒《い》えた頃に、彼を助け出そうとするだろう。その時のファスタが心配だったのだ。

「難しいでしょう。重犯罪者で危険人物だから、皇国軍が十分な防御《ぼうぎょ》を敷《し》いています」

孝太郎はファスタが成功するとは思っていなかった。ラルグウィンは反乱軍やテロリストの指導者という事になるので、非常に厳重な警備が敷かれている。また死んで反政府勢力の英雄になられても困るので、自殺も出来ないような徹底《てってい》した管理下に置かれている。この状況《じょうきょう》ではファスタが一人でラルグウィンを救い出すのは難しい。救出には軍隊が必要になるような状況だった。

「そうよね………それが分かっていても、あの人は行くんだと思うわ」

そんな場所に乗り込んで、ファスタが無事な筈がない。彼女に実力がある分だけ、危険な目に遭《あ》うだろう。静香はそこを心配していた。

「………そーゆー顔だったよね」

早苗もそうだった。二人とも口には出さなかったが、ファスタが命を落とす可能性は非常に高い。かといってファスタを手助けするのも違《ちが》うのだ。ラルグウィンが取り返しのつかない悪事を働いたのは事実だったから。だから静香と早苗の胸にはもどかしい思いが渦《うず》巻《ま》いていた。

「恩人だって言ってたわ。だから助けに行くんだって」

「恩人か……そうだったんですね」

どんなに邪悪《じゃあく》な人間でも、全ての人間に対して等しく邪悪である事は珍《めずら》しい。ラルグウィンにとって、ファスタはそうした例外の一つだった。だからファスタもラルグウィンを助けにいく。それは孝太郎にも納得できる事で、そしてだからこそ悲しかった。

「大家さん、それに早苗も……俺は総司令だから秘密にして欲《ほ》しいんですけど……この先何が起こるにしろ、彼女が無事だといいですね？」

「……そうね」

「うん」

ラルグウィンの救出がどうなるにせよ、ファスタは無事である――それが儚《はかな》い望みである事は、三人にも分かっている。だがそれを望みたくなるくらいには、ファスタの事を理解した三人なのだ。やはり孝太郎達は、非情にはなれなかった。

「……ふふ」

そんな時だった。不意に静香の口から小さな笑いが漏《も》れた。この時の話題とはそぐわないように思えたので、不思議に思った孝太郎は静香を見た。すると彼女はゆっくりと近くにあるテーブルに歩み寄っていった。

「どうして、笑ったんですか？」

「………ここに花瓶《かびん》があるでしょう？」

静香は笑顔《えがお》で孝太郎の方を振り返り、テーブルの上に置かれた花瓶を指し示した。

「ええ。さっき早苗が落っことしそうになってました」

「ぶぅ、今はそれ関係ないでしょー！」

「本当はここにね、私が飾《かざ》った花があったの」

「捨てた――訳ではないですよね。しおれるほど日は経っていない」

普通《ふつう》、切り花は一週間はもつ。またフォルトーゼの栄養剤《えいようざい》を使えば、その倍は軽く持ちこたえる筈だ。その花がなくなっている。しおれるほど時間は経っていないから、捨てた訳ではないだろう。もちろん早苗が落としそうになったからでもなかった。

「きっとファスタさんが持っていったんだと思うわ」

ファスタがここでの想《おも》い出に、花を持っていったのだろう――静香はそのように考えていた。だから彼女は空の花瓶に気付いた時に笑ったのだ。

「……俺も、そう思います」

「うん！　絶対そうだよ！」

これからどうなるのかは分からない。ファスタが目的を遂《と》げるのかどうかも、無事で済むのかどうかも。それでもファスタとの出会いは、決して悪いものではなかった。そして彼女もそのように考えてくれているのだろう。その事は三人にとって、そして恐らくはファスタにとっても、小さな喜びとなった。何処《どこ》へ向かうか分からない道の傍《かたわ》らで、力強く咲《さ》く小さな花を、見付けた時のように。

ころな陸戦規定

NEW!　2011/10/30

第三十六条

二〇二二年十月十八日(火)に実施された会議の議事録より、虹野ゆりかとエルファリア・ダーナ・フォルトーゼ陛下の間で交わされた会話を全て削除する。また同時に、その内容を最高機密に指定する。

第三十六条補足

なあこれ、なんで削除されてるんだ？　いっ、いいんですぅっ、全然大した話じゃありませんからぁっ！　そういう感じのリアクションじゃないだろ、お前。やらかしたんですぅ！　多分私何かやらかしたんですぅ！　だからそっとしておいてくださいぃぃ！

あとがき

皆さんお久しぶりです。前巻のあとがきが八月に書いたものらしいので、およそ半年ぶりの刊行となるのでしょうか。前巻に続き今巻の刊行もいつもより少し遅れているのは、目の手術により乱れたペースを元に戻す為の調整です。私だけで作っているのではないので、各部署のタイミングが合うようにする必要がありました。結果、これまで刊行していた三月に落ち着きました。そりゃそうかという感じです（笑）

目の方は医学的には順調な経過で、私自身も大分現状に慣れてきました。当初はヘルメットを被ると視界がちかちかしてバイクは厳しいかと思っていましたが、最近はそんな事もなくちょっとずつまた乗るようになりました。脳が慣れて来たのだろうと思います。まあ、四十年以上やって来た物を見る方法を急に変えた訳なので、慣れてくれただけで御の字だと思います。

という訳で、多少はもたつきつつも何とか元の生活に戻りました。本当にご心配をおかけしました。今後はこれまで通りの刊行ペースに戻るものと思いますので、引き続きよろしくお願い致します。また皆さんからは温かい励ましのお言葉を幾つも頂いております。その事にも深く御礼申し上げます。

さて、私の目の話はこのくらいにして、この巻の話に移りたいと思います。この巻に関してはどうしてもネタバレを回避して話すのが難しいので、まだ本編を読んでいらっしゃらない方は一旦このあとがきを読むのを止めて、先に本編を読んできて頂けると宜しいかと思います。

この巻では遂にラルグヴィンとの戦いに一応の決着が付きました。この状況の引き金になったのはやはり『廃棄物』の入手、そしてその制御の目途が立ってしまった事です。ラルグヴィンとしては兵器化の目途が立つのは良いのですが、蘇生に使えるようになってしまったのは誤算でした。そのせいで後がなくなり、強引な攻めが必要になってしまった訳です。その意味で言うと、ラルグヴィンにとって痛かったのはやはり前の巻で起こった工場での事故。結果論ではありますが、兵器や技術以上に、時間を大きく失った事故だったという事になるでしょう。しかしファスタの裏切り（?）のおかげでとりあえずは最悪の結果は回避されています。この辺りがヴァンダリオンの辿った運命とは異なる部分で、指導者としての違いと言えると思います。

そして次の巻ではいよいよグレバナスが立ち上がります。表向きの目的はラルグウィンの救出ですが、もちろん真の狙いはそうではありません。対するファスタは本当の意味でのラルグウィンの救出を目論見ます。この状況は孝太郎達にとっては悩ましいものです。どちらの思惑も阻止せねばなりませんが、ファスタには無事でいて欲しい訳です。その辺りの事が次の巻の争点となってくるでしょう。

実はこの巻の執筆は苦労しました。厳密にはいつも苦労している事ではあるのですが、今回はそれについてのお話をしてみようかと思います。今回取り上げるのは物語の中における『天才』の取り扱いについてです。

一口に『天才』と言っても、物語の構成上幾つかのタイプがあります。大まかには三つあって、まずティアのように敵を倒すタイプ。続いてクランのように何かを作るタイプ。そしてキリハのように物事を解決するタイプです。

最初の二つに関しては比較的扱い易いタイプの『天才』だと言えます。どちらも一目で見て分かり易い成果があるからです。ティアなら何らかの敵を倒しますし、クランなら何やら特別の発明をします。迫りくるゾンビの大群を大火力で追い返したり、ＰＡＦを作ったりというような事です。表現としてやり易く、理解し易いタイプの『天才』です。

問題は第三のタイプです。このキリハやエルファリアのような戦略的、政治的なタイプの『天才』は非常に厄介です。このタイプの難しいところは、結果だけを見せ続ける事には限界があるという事です。『敵が来たので罠にかけました』や『問題が起こったので解決しました』とだけ書き続ける訳にはいかないのです。どうしてもある時から、その過程や思考経路を表現しなければならなくなります。そこで問題になるのが私自身が天才ではない事です。キリハが五秒で考えるような事でも、私は考えつくのに何日もかかります。今回の場合で言うと、敵を誘導してドーナッツ状の空間歪曲場に閉じ込め、その上を歩いて通り過ぎる、というあたり。今回の戦いをファスタに配慮して最小の犠牲で勝利する方法が必要だった訳ですが、やはりこの形を思い付くまでに何日もかかっています。孝太郎と真希が時折防御魔法を足場にするコンビ技を行うので、キリハにはそのイメージがあったのでしょうが、私にはありませんでした（笑）

この軍師・政治家タイプの『天才』に関する問題は、私以外の作家さんも悩まれているのではないかと思います。未来予知のような超常能力を抜け道にする手もありますが、キャラクターの数が増えて物語の規模が大きくなると、やはりそれだけに頼り続けると物語が単調になるという問題にぶち当たります。誤魔化し続けても最終的には正面から激突せざるを得ない問題なので、最近は諦めて正攻法で頑張っています。皆さんが我慢できるぐらいの仕上がりになっていれば幸いです。

おっ、良い感じのページ数になってきました。今回のあとがきは四、五ページという話だったので、この辺で終わろうと思います。それではいつものご挨拶を。

この本を出版する上でご尽力頂きましたＨＪ文庫編集部並びに関連企業の皆様、前回今回と私の目の都合で振り回してしまったイラスト担当のポコさん、そして色々とご心配をおかけしたにもかかわらず引き続き応援を続けて下さる読者の皆さんに、深く御礼を申し上げます。

それでは四十三巻のあとがきで、またお会いしましょう。

二〇二三年　二月

健速

HJ文庫 https://firecross.jp/
1071

六畳間の侵略者!? 42

2023年3月1日　初版発行

著者――健速

発行者―松下大介
発行所―株式会社ホビージャパン

〒151-0053
東京都渋谷区代々木2-15-8
電話　03(5304)7604（編集）
　　　03(5304)9112（営業）

印刷所――大日本印刷株式会社

装丁――渡邉宏一／株式会社エストール

乱丁・落丁（本のページの順序の間違いや抜け落ち）は購入された店舗名を明記して
当社出版営業課までお送りください。送料は当社負担でお取り替えいたします。
但し、古書店で購入したものについてはお取り替えできません。

定価はカバーに明記してあります。

Printed in Japan

ISBN978-4-7986-3098-4　C0193

単行本①～⑤巻
好評発売中!
原作／健速
キャラクター原案／ポコ
漫画／有池智実
六畳間の侵略者!?
5
堂々完結!!!

コミック版
漫画:六畳間の侵略者!?
ファイアCROSS
firecross.jpにて配信中!